히어로즈 저니
앤트맨과 와스프

히어로즈 저니
앤트맨과 와스프

1판 1쇄 발행 2018년 7월 18일

지 은 이 스티브 벨링, 크리스 멕케나, 에릭 소머스,
          폴 루드, 앤드류 배러, 가브리엘 페라리
옮 긴 이 김지윤
감   수 김종윤(김닛코)
펴 낸 이 하진석
펴 낸 곳 ART NOUVEAU
주   소 서울시 마포구 독막로 3길 51
전   화 02-518-3919
I S B N 979-11-87824-35-0 04840

앤트맨과 와스프

히어로즈 저니

차 례

CHAPTER

01

────────────────────── Ant-Man and the Wasp

"개미들은 거미 좋아해?"

스캇 랭은 이 질문에 대해 어떻게 대답할지 생각하며 멍한 표정으로 뒤통수를 긁었다. "모르겠구나. 물어본 적이 없어. 개미들이랑 일하면서 어울려서 이야기하고 서로에 대해 알아갈 시간이 별로 없었거든."

"그럼 아빠는 거미 좋아해?"

"아." 스캇은 열 살짜리 딸 캐시를 보며 미소를 지었다. "무슨 뜻인지 알겠다. 캡틴 아메리카 스토리에 나오는 그 애 얘기구나. 그렇지?"

캐시는 의자에 앉아 안달 난 듯이 해맑은 얼굴에 함박웃음을 지었다. 스캇은 그것이 무엇을 뜻하는지 알고 있었다. 이야기 시간이 돌아온 것이다.

"그러니까… 괜찮은 아이였어. 내 생각엔 말이야. 사실 엄청 예의 발랐지. 집에서도 자랑스러워했을 거야. 나한테 했던 짓은 마음에 안 들었지만 우린 다 싸우는 중이었으니까, 그 정도는 이해할 수 있어."

"아빠한테 어떻게 했는데?" 캐시는 여전히 미소를 지은 채 물었다. 그러고는 땅콩버터를 넣은 젤리 샌드위치를 크게 한입 먹었다. 캐시는 이미 답을 알고 있는 질문이라도 스캇에게 물어보는 것을 좋아했다.

"뭐야, 땅콩아. 전에 다 말해줬잖아. 나한테 어떤 짓을 했는지 알고 있으면서 또 물어보네."

캐시는 씩 웃고는 부드러운 통밀빵을 씹으며 오른손에 있던 냅킨으로 입을 닦았다. 그러곤 샌드위치를 한입 더 베어 물었다. 이번에는 씹을 때마다 바삭거리는 소리가 났다.

스캇은 딸을 바라보며 오른쪽 눈썹을 치켜 올렸다. "샌드위치에 또 콘칩 넣었니?"

"아아마아아도." 캐시가 입에 빵을 가득 문 채 대답했다. 스캇은 웃음을 터뜨리고는 아파트의 작은 부엌에 있는 식탁에서 일어나 자기가 먹을 샌드위치를 만들려고 조리대로 걸어갔다.

"콘칩 넣는 거 잊지 마." 캐시가 한입 더 베어 물기 전에 말했다. "그게 제일 맛있거든. 얘기 더 해줘."

스캇은 조리대에 빵 두 조각을 꺼내놓고 식탁 쪽을 흘깃 바라보았다. 캐시는 샌드위치 빵을 접시 위에 펼쳐놓고 콘칩 두 조각으로 남아있는 땅콩버터와 젤리를 떠먹고 있었다.

스캇은 그 모습을 재미있다는 표정으로 바라보며 얼굴을 찡그렸다. "정말 지저분하구나." 그렇게 말했지만, 애정과 자부심이 가득한 목소리였다.

* * *

스캇은 캐시가 오는 날이 즐거웠다. 그는 재능이 많은 사람이었지만 그중에서도 스캇이 가장 좋아하고 최고라고 생각하는 재능은 캐시의 아빠가 되는 것이었다. 캐시는 아주 똑똑하고 재미있고 따뜻한 아이였다. 스캇에게는 딸이 세상의 전부였다. 그는 캐시에게 모든 것을 다 해줄 수 있었다. 그것이 지저분해 보이는 땅콩버터(와 콘칩) 젤리 샌드위치를 만드는 것이라 할지라도 말이다.

하지만 이제 이런 시간을 자주 가질 수가 없었다. 스캇은 몇 년 전에 아내 매기와 이혼했고, 이제 캐시는 엄마와 새아빠와 함께 살면서 주말에만 스캇의 집에 올 수 있어서 스캇은 평범하고 건전한 아빠와 딸의 관계를 만들기 위해 뭐든 해야 했다. 그는 이런 상황이 힘들었다.

그중에서 가장 힘든 것은 그의 전과였다.

그렇다. 전과.

최근에 스캇은… 그의 친구 루이스가 뭐라고 했더라? '자기 집에서 지속적이고 강제적인 환대를 즐기는 것'이라고 했나? 루이스는 언제나 좋게 표현하려고 했다.

안타깝게도 연방 당국은 이 상황에 대한 명칭을 하나 더 붙였다. '가택 연금.' 전부 캡틴 아메리카와 했던 일 때문이다. 사실 모두가 스캇의 잘못이라고 할 수도 없다. 캡틴 아메리카에게 누가 안 된다고 할 수 있겠는가?

그렇다.

하지만 그 모든 사단 때문에 스캇은 이제 자신의 집 안에만 머물러야 했고 항상 전자발찌를 차고 다녀야 했다. 샤워할 때도 벗을 순 없었다. 만약 그랬다면 연방 요원들이 벌떼처럼 들이닥칠 테니까.

실제로 얼마 전에 그런 일이 일어나기도 했다. 가택 연금이 되고 일주일 정도 지났을 무렵, 어느 날 아침 스캇은 비틀거리며 일어나 아침 식사 때 읽을 신문을 가지러 집 밖으로 나간 적이 있었다. 잠이 덜 깬 채로 현관문을 열었는데 집 앞 길가에 있는 신문이 눈에 들어온 것이었다. 그는 별 생각 없이 앞마당을 지나 콘크리트 길가에 발을 디뎠다. 바로 그 순간 전자발찌가 굉음을 내기 시작했고 몇 분 후에 검정 승용차가 그의 집 앞에 타이어 파열음과 함께 도착했다.

뒤이어 연방 요원 한 무리가 그를 덮쳤고, 다음 장면은 설명하지 않아도 알 수 있을 것이다.

그들은 감히 마당 밖을 나가려는 생각을 했다는 이유로 스캇에게 이런 행동은 그가 받은 선고를 직접적으로 어기는 것이라고 관련 법률을 언급했다. 당국은 그때 그에게 매우 강경하게 경고하며 만일 다시 이런 일이 일어난다면 가택 연금이고 나발이고 애초에 갔어야 했던 샌 쿠엔틴 감옥으로 다시 돌아갈 수 있다는 것을 일깨워주었다.

저 상황에서 정말 부끄러웠던 건 사실 그 신문이 그의 것도 아니었다는 점이었다. 스캇은 자신이 신문을 배달 받지 않는다는 사실을 잊고 있었다.

랭의 운이 그렇지, 뭐.

* * *

"또 생각하는 거야, 아빠?" 캐시가 입에 한가득 물고 있던 사과 주스를 삼킨 후에 물었다.

"응?" 스캇은 다소 멍한 상태로 대답했다. "어, 그래. 생각 좀 하고 있었어."

"나한테 무슨 얘길 해줄까 생각한 거야?" 캐시가 희망에 부푼 목소리로 말했다.

"그럼, 당연하지." 스캇은 한쪽 빵에 땅콩버터를 다 펴 바르고 잼을 바른 다른 한쪽을 덮으며 한숨을 쉬었다. 그는 사실 젤리나 콘칩을 넣어 먹지는 않았다. "캡틴 아메리카 스토리가 듣고 싶니?"

CHAPTER

02

—————————————— Ant-Man and the Wasp

'캡틴 아메리카 스토리'는 스캇이 캡틴 아메리카를 돕기 위해 샌프란시스코를 떠나 독일에 갔을 때 있었던 일에 캐시가 붙인 이름이다.

캡틴 아메리카.

캡틴 아메리카와 함께 일하게 되었을 때 스캇은 믿을 수가 없었다. 그는 그저 평범한 남자였다. 당연히 캡틴 아메리카나 다른 어벤져스 멤버 같은 슈퍼 히어로가 된다는 건 생각도 하지 않았다. 그냥 스캇 랭이었다. 엔지니어이자 전직 좀도둑, 그저 잘못된 시간에 잘못된 장소에 있었던 남자, 쉴드에서 일했던 반백의 늙은 과학자가 만든 줄어드는 슈트를 얻게 된 사람, 그리고 그 늙은 과학자에게서 역할을 물려받아 앤트맨이 된 사람이었다.

너무 뻔한 인물이었다.

스캇이 처음 새로운 앤트맨이 된 직후였다. 그는 대런 크로스라는 남자를 막 무찌른 후에(캐시가 '앤트맨 스토리'라고 부르기에 합당한 일이었다) 캐시를 구했고, 개미 한 마리가 큰 개만 한 크기로 변했다. 그러고는 그 이후에 스캇을 위한 끝내주는 정보가 있다던 루이스와 만나고 있었다.

루이스는 그 정보 때문에 완전히 넋이 나간 것 같았다. 루이스가 이야기를 시작하면 모든 게 뒤죽박죽이 되어버리곤 한다. 아주 빠른 속도로.

"그러니까 난 내 사촌 이그나시오랑 이 미술관에 있었어. 알겠지?" 루이스가 말을 시작했다. "그리고 거기엔, 그러니까 추상표현주의 전시가 있었어. 그리고 알잖아, 내가 네오 큐비즘 작가들을 좋아하는 거, 알지?"

'지금 무슨 말을 하려는 거지?' 스캇은 생각했다.

"그런데 거기 이게 있는 거야, 완전 멋진 거라고, 친구!"

"루이스." 스캇이 친구를 다시 하던 이야기로 되돌리려고 끼어들었다. 그는 친구만큼이나 예술을 좋아했지만 지금은 추상표현주의 회화에 대해서 논할 때가 아니었다.

"아, 미안, 미안." 루이스는 사과하면서 말을 이었다. "내가 좀 흥분했네. 그런데 어쨌든, 이그나시오가 나한테 이렇게 말하더라고. '어이! 내가 어제 나이트에서 끝내주게 예쁜 작가 아가씨를 만났거든.' 그런데 이 작가 아가씨가 이그나시오한테 이렇게 말했대. '어이! 내가 게릴라 저널리즘 세계에서 글 좀 쓰는데, 은밀한 사람들과 연관이 좀 있거든. 무슨 말인지 알지?'라고 말이야."

스캇은 잠자코 있었다.

"이그나시오가 그래서 '정말로?'라고 물으니까 그 아가씨가 '그래, 누가 내 접선책인지는 말 못하는 거 알지? 그 사람은 어벤져스랑 일하거든.' 이랬다는 거야."

"맙소사." 스캇은 한숨을 쉬었다. 가슴 한가운데가 답답해졌다. 앤트맨으로서 첫 번째 임무를 수행하던 중에 스캇은 행크 핌에게 전할 것이 있어 뉴욕 업스테이트에 있는 예전 스타크 엔터프라이즈 시설에 침입해야 했다. 다만 그곳이 더 이상 스타크 엔터프라이즈의 시설이 아니라는 게 문제였다. 바로 어벤져스 시설이었던 것이다.

그리고 팔콘이 그곳에 있었다.

앤트맨은 팔콘과 싸웠다. 그리고 실질적으로 이겼다.

팔콘은 그 일 때문에 별로 기분이 좋지 않았다.

뭔가 조짐이 안 좋았다.

루이스 말로는 꽤 이상한 남자가 그 저널리스트에게 접근했다고 했다. "그 남자가 '어이! 난 요즘에 새로 등장한 남자를 찾고 있어. 맹렬한 기세로 최신 기술을 사용하던데, 그치? 누군지 몰라?' 그러니까 그 아가씨가 이렇게 물었대. '글쎄, 요즘엔 없는 게 없잖아. 점프하는 남자도 있고 줄을 타는 남자도 있고, 벽 타고 기어

15

오르는 남자도 있고. 좀 더 구체적으로 얘길 해야지.' 그러니까 남자가 '내가 찾는 건 줄어드는 남자야'라고 했대."

스캇은 다시 한숨을 쉬었다. 하지만 어쩔 수 없었다. 루이스와의 대화는 마치 고속열차를 타는 것 같았다. 일단 한번 올라타면 목적지에 도착할 때까지 멈출 수가 없었다.

"그래서 내가 얼마나 당황했는지 몰라. 네 이상한 비밀을 지켜야 되니까, 친구! 그래서 내가 이그나시오한테 물어봤지. '그 자식이 그 멍청하고 반반한 작가 아가씨한테 너한테 말해서 나한테 말하라고 했어? 내가 앤트맨이랑 친하니까, 그 남자가 찾고 있다고?' 말이야."

"그러니까?" 스캇이 대답을 기다리면서 물었다. "이그나시오가 뭐래?"

"그렇대!"

물 한 모금 마시려고 먼 길을 돌아온 기분이었다. 하지만 요점은 명확했다. 어벤져스가 그를 찾고 있었다.

***

"호크가이는 어떻게 된 거야?" 캐시가 흥분해서 물었다. "아빠를 캡틴 아메리카한테 소개시켜준 사람이 호크가이 아냐?"

"호크아이야." 스캇이 다시 말해주었다. "그리고 아무도 그렇게 안 부른단다. 미스터 바튼이라고 부르면 돼. 좋은 사람이지."

어벤져스가 자신을 찾고 있다는 것을 알게 되자, 어벤져스의 에이스 궁수이자 전직 쉴드 요원인 클린트 바튼에게 뒤를 밟히는 것은 그저 시간문제였다. 전화나 이메일, 아무것도 없었다. 그저 바튼이 그의 집 문 앞에 나타나서 지금 당장 떠나야 한다고 말했을 뿐이다.

"그가 자넬 보증했어. 내겐 그 정도면 충분해." 바튼이 스캇에게 말했다. 여기서 '그'란 팔콘, 샘 윌슨이었다.

"나를? 정말? 헐크나 다른 사람들은 어떻게 하고? 캡틴 아메리카가 원하는 건 진짜로 강한 사람 아나?"

바튼은 어깨를 으쓱했다. "네 이름을 콕 찍어서 말하던데. 캡틴 아메리카의 결정에 의문을 제기하고 싶은 거야?"

스캇은 고개를 강하게 저으며 빠르게 대답했다. "아니, 그럴 리가. 난 좋아. 난 그럼… 짐이라도 싸야 하나? 독일은 지금 날씨가 어때?"

"그냥 너랑 슈트만 가면 될 거야. 퀸젯에 네 이름이 적힌 칫솔도 있어."

"정말?" 스캇이 물었다.

"아니." 바튼이 피식 웃었다.

＊＊＊

밴의 문이 쾅하고 부딪히는 소리에 스캇은 깜짝 놀라 잠에서 깨어났다. 그리고 자리에서 벌떡 일어났다.

"이봐, 여기 시차가 어떻게 되지?" 스캇이 바튼에게 물었다.

"나와 봐." 바튼이 스캇의 등을 두드리면서 밴 밖으로 나오라고 말했다. "어서." 그러고는 스캇의 등을 살짝 밀었다.

독일의 공항 주차장, 스캇의 앞에 서 있는 사람은 바로 스티브 로저스였다.

캡틴 아메리카.

스캇은 그에게 경외심을 느꼈다. 그는 웃으면서 오른손을 뻗어 살아 있는 전설과 악수하기 시작했다.

"캡틴 아메리카!" 스캇은 놀라움에 이 말밖에 하지 못했다.

"랭 씨." 스티브는 차분한 목소리로 대답했다.

"만나서 영광입니다." 스캇은 몸에서 흥분된 에너지가 터져 나오는 것 같았다. "제가 악수를 너무 오래 하고 있네요. 와우. 진짜 끝내주네!" 그리고 그는 주변을 둘러보았다. 스칼렛 위치로 알려진 완다 맥시모프도 보였다. "당신도 알아요." 그는 붉은 머리의 여성을 보며 말했다. "당신도 멋져요!"

스캇은 소위 말하는 슈퍼 히어로들 사이에서 어떻게 행동해야 할지 정말 몰랐다. 캡틴 아메리카 앞에서 어떻게 행동해야 할지는 더더욱 몰랐다. 그는 모든 사람들이 존경해 마지않는 영웅이 아닌가! 그리고 지금 스캇은 레드 스컬과 싸우다가 70년간이나 얼음 속에 있었던, 어벤져스를 설립한 그 남자 앞에 서 있는 것이다.

"저기." 스캇은 침착한 목소리로 말하려고 했다. "저 다른 대단한 사람들도 많이 알 텐데 절 감사히 생각해주셨습니다!"

그 말이 입 밖으로 나온 순간 스캇은 자신이 얼마나 멍청하게 말했는지 깨달았다. 스티브 로저스는 멋지게도 이 바보 같은 말에 아무 반응도 하지 않았다. 그저 고개를 끄덕이며 미소를 지을 뿐이었다.

그때 스캇의 눈에 캡틴 아메리카 뒤에 있는 낯익은 얼굴이 보였다. 스캇은 필사적으로 주제를 바꾸기 위해 그에게 손을 흔들며 말했다. "헤이, 친구!"

"잘 지냈어, 쬐깐이?" 샘 윌슨이 고개를 까딱하며 대답했다.

"다시 만나서 반가워. 저기, 전에 있었던 일 말이야?" 스캇이 말을 시작했다. 그는 샘 윌슨과 잠시 마주쳤던 일에 대해 사과할 생각이었다.

"멋진 오디션이었어. 하지만 다시는 그런 일 없을 거야." 샘이 자신 있게 말했다.

"우리가 무슨 일을 해야 하는지 들었어?" 스티브가 물었다.

"사이코 암살자와 관계있는 일 아닌가요?" 스캇이 대답했다. 그의 대답은 별로 집중하지 않는 것처럼 들렸다.

"이번에는 법을 어기는 일이야." 스티브가 심각하게 말했다. "그래서 우리와 같이하면 수배자가 될 수도 있어."

스캇은 스티브의 말을 신중하게 받아들이고는 어깨를 으쓱했다. "그럼, 뭐, 별로 새로울 것도 없네요."

* * *

스캇은 자신 있고 침착하고 냉정하게 말하려고 했다. 하지만 사실 그는 긴장하고 있었다. 캡틴 아메리카를 돕는 일 때문은 아니었다. 그는 그 일을 영광으로 생각했다. 물론 법을 어기는 게 꺼림칙해서도 아니었다. 그거야 늘상 있는 일이었다.

사실 그는 호프 반 다인 때문에 걱정하고 있었다.

호프는 그의 친구이자 가장 최근에는 그의 비공식적 파트너인 와스프가 되었다.

그가 팀의 허락도 받지 않고 법을 어기는 '허가되지 않은 미션'을 수행하려고 앤트맨 슈트를 갖고 온 것을 알면 그녀가 뭐라고 말할까?

호프의 아버지이자 앤트맨 슈트를 발명하고 슈트를 가장 먼저 입었던 행크가 이 사실을 알게 되면 또 뭐라고 할까?

대런 크로스와의 그 모든 일을 겪은 후, 세 사람은 일종의 암묵적 합의를 했다고 볼 수 있었다. 조용히 지내면서 레이더 아래에서 (말 그대로) 날아다니기로 한 것이다. 모든 것을 비밀로 하자는 얘기였다.

호프와 행크에게 아무 말도 없이 캡틴 아메리카의 최신 임무에 합류하기 위해 독일까지 날아온 것은 분명 그런 합의를 어긴 것이었다. 하지만 그들에게 알릴 시간이 없었다.

'그리고 인정할 건 인정해야지.' 스캇은 생각했다. '전화를 걸어서 이렇게 말한다고 될 일도 아니잖아. "이봐, 호프. 나 앤트맨 슈트 갖고 가서 한바탕 하고 며칠만 있다가 돌아올게"라고 말이야.'

그래서 스캇은 그가 가장 잘하는 일을 했다. 결정을 내린 다음 뒤돌아보지 않은 것이다.

CHAPTER

03

──────────────── **Ant-Man and the Wasp**

행크 핌은 호프 반 다인의 신경을 건드리고
있었다.

또다시.

당연하지만 신경을 거슬리기까지 얼마 걸리
지도 않았다. 자신이 행크 핌의 딸이라는 사실
은 호프에게 아직까지도 익숙해져야 하는 일이
었다. 하지만 요즘 들어서는 아무것도 아닌 일
로 화가 나는 것 같았다. 어쩌면 그녀의 아버지
말고는 아무도 이야기할 사람도 없이 매일매일
갇혀 살기 때문일지도 몰랐다.

어쩌면 생각할 시간을 갖는 것일지도 모른다.
너무 오랜 시간 동안 자신의 생각에만 빠져 지
내는 바람에 그녀는 계속해서 같은 것에만 집착

하게 되었다. 모든 것에 대한 생각 말이다.

아니, 모든 것이 아니었다.

그녀의 어머니에 대해서였다.

그리고 어쩌면 그녀는 그저 화가 났을 뿐이었다.

"아침 내내 아무 말도 안 하는구나." 행크가 현미경에서 눈을 떼지 않은 채 말했다. "내가 널 언짢게 한 거냐?"

"언짢게요?" 호프가 화를 내면서 말을 뱉었다. "제 생각엔 '언짢다'는 표현으로는 간에 기별도 안 갈 것 같은데요."

"이제야 말을 하는구나." 행크가 현미경에서 눈을 떼고 딸을 보며 대답했다. "진전이로군."

"진전은 내가 그 현미경을 갖고 나가는 것처럼 끔찍할걸요."

행크는 양손을 들어 올리며 항복하는 시늉을 했다. "내가 바보였어."

호프는 적절한 단어를 찾으면서 천장을 바라보았다. "아버지가 바보였다는 게 아니에요." 그녀가 천천히 말했다.

"내가 바보라는 사실에 대해서 논쟁하는 게 아닌 것 같다는 생각이 드는군."

"그건, 그저… 아버지가 아예 거기에 있으면 안 된다는 거예요. 여기에 앉아서 연구실에 틀어박혀 있는 건… 제가 자랄 때를 생각나게 한다고요." 호프의 입꼬리가 아래로 쳐졌다. "외로웠어요. 그리고 아버지는 같이 있을 때조차 사실은 그곳에 없었어요."

방 안에 잠시 침묵이 흘렀다. 호프는 자신의 아버지가 무언가,

과거를 바꾸고 현재를 더 나아지게 만들 수 있는 어떤 말이라도 해주길 바라면서 그를 보았다. 하지만 동시에 그것이 불가능하다는 사실 또한 알고 있었다.

"미안하다." 행크가 나직이 말했다. "이미 벌어진 일을 바꿀 수는 없어. 내가 할 수 있는 일은 지금 널 위해 이곳에 있으려고 노력하는 것뿐이야."

"알아요." 아버지를 안아주고 싶은지 한 대 때려주고 싶은지 확실하지 않았다. "하지만 그렇다고 화가 가라앉지는 않네요."

***

행크 핌과 재닛 반 다인의 외동딸로 자랐던 호프는 언제나 부모 대신 유모나 믿을 만한 친구에게 맡겨졌기에, 부모와 떨어져 지내는 데 익숙했다. 때로는 하루 이틀 정도였다. 또 다른 때에는 꼬박 일주일이 걸리기도 했다. 호프는 그들이 일 년 내내 집을 떠나 있었다고 맹세할 수 있었지만 아마도 그저 그녀가 그렇게 느낀 것뿐이리라.

그녀 또래의 다른 아이들의 부모들도 일을 하긴 마찬가지였다. 하지만 호프의 부모는 남달랐다. 아버지는 쉴드, 즉 대테러 국토안보국 집행국(the Strategic Homeland Intervention,

Enforcement, and Logistics Division)에서 일하는 과학자였다. 그는 실험실에서 아주 많은 시간을 보냈다. 그곳에서 그는 핌 입자로 알려진 가장 독특한 성질을 지닌 원자보다 작은 물질을 개발했다. 핌 입자는 다른 물질에 노출될 때 그 물체나 존재를 작거나 크게 만들 수 있었다. 그것은 놀랍도록 획기적인 진전이었고 인류 역사의 흐름을 바꿀 만한 잠재력을 지닌 것이었다.

만일 행크가 자신이 아닌 다른 누군가에게 핌 입자를 사용하도록 허락했다면 그랬을 것이다.

하지만 행크는 그저 의지만으로 줄어들고 커지는 능력이 얼마나 불안정하고 위험한지 알고 있었다. 누군가 스파이나 군대를 작은 크기로 만들 수 있다면 어떻게 될까? 핵무기의 크기를 줄인다면? 핵무기를 집만큼 크게 만들면 어떨까? 어떤 것이든 바늘 구멍보다 작아지거나 잭과 콩나무의 거인처럼 커질 수 있는 세상이라면 안보라는 개념은 사실상 아무 의미가 없었다.

그래서 행크는 딸을 버려둔 채 자신을 밖으로 돌게 만든 핌 입자에 대한 비밀을 지켜왔던 것이다. 하지만 다른 이들의 이익을 위해선 그 비밀을 사용했다. 당시 행크는 쉴드의 과학자일 뿐만 아니라 조직을 운영하는 역할을 맡게 되었고 크기를 줄이는 과정의 압력과 스트레스에서 살아남을 수 있는 슈트를 개발했다. 그의 상관들은 크기를 변화시키는 능력 때문에 그를 '앤트맨'이라고 불렀다. 그리고 뭔가 커다란 문제들을 해결해야 할 때 앤트맨을 투입하기로 결정했다.

일이 진행됨에 따라 행크는 점점 더 오랜 시간 동안 집을 비우게 되었고, 호프의 어머니는 자신도 함께해야 한다고 남편을 설득했다. 앤트맨에게 파트너가 필요하다는 이유였다. 그의 뒤를 지켜주고 그의 비밀과… 그의 인생을 믿어줄 누군가가 필요하다고 말이다.

그런 논쟁에서 행크를 이긴 재닛은 곧 자신만의 특별한 슈트를 갖게 되었다. 와스프라는 코드네임을 갖게 된 그녀는 자신이 이름만큼이나 끈질기다는 것을 증명했다.

호프가 어릴 때 자신의 부모가 사실은 전 세계를 돌아다니는 비밀 요원이라는 것을 알았다면 꽤나 멋지다고 생각했을 것이다. 또 어쩌면 그들이 집을 비웠을 때도 조금이나마 덜 그리워했을지도 모른다.

하지만 호프는 그런 사실을 알지 못했다. 그녀가 알고 있는 것은 때로 엄마와 아빠가 집을 나서면 다시 돌아오기까지 아주 오랜 시간이 걸린다는 것뿐이었다.

그리고 어느 날 아빠는 집으로 돌아왔지만 엄마는 오지 않았다.

* * *

실험실은 숨이 막힐 지경이었고 호프는 점점 지긋지긋해졌다.

매일 짐을 싸서 다른 곳으로 이사를 다니는 것 같았다. 사실 행크의 천재적 능력 덕분에 그들은 말 그대로 그렇게 하고 있었다. 실험실은 휴대용으로 설계되었던 것이다. 요즘 대유행인 트레일러로 어디든지 실어 나를 수 있을 정도로 작은 집과 어떤 면에서는 상당히 공통점이 많다고 할 수 있었다. 다만 행크가 핌 입자로 실험실을 축소시킬 수 있었고 실험실에 손잡이를 달아서 어디든 들고 다닐 수 있게 만들었다는 것만 다를 뿐이었다.

'우리의 연구.' 호프는 낙담하며 생각했다. '우린 밤낮으로 고생을 해왔지만, 난 우리가 더 가까워지고 있는지 멀어지고 있는지 알 수가 없어.'

"곧 다시 이사 가야 할 거에요." 호프가 큰 소리로 말했다. 그녀는 행크에게 말하는 것이 아니었다. 그렇다고 자신에게 말한 것도 아니었다. 사실 누구에게 한 말인지 자신도 알지 못했다.

"언젠가 우리를 염탐하는 눈에 띄지 않는 외딴곳으로 가야겠지." 행크가 대답했다. 그는 현미경에서 일어나 큰 금속 창틀처럼 보이는 장치 앞으로 걸어갔다.

"곧 새로운 부품이 필요할 거야." 그는 직접 제작한 장치를 바라보며 중얼거렸다. "부품을 얻기가 더 쉬울 수도 있는데 말이야. 만약 우리가 그들처럼 몰래 들어가지 않아도 된다면…."

"범죄자들처럼요?" 호프가 쓴웃음을 지으며 말했다. 그녀는 범죄자들에 대해 좀 알고 있었다. 아니, 어떤 범죄자 한 명에 대해 알고 있다고 해야 할 것이다.

스캇 랭.

그녀가 아버지와 작은 실험실에 틀어박혀 있어야 하고 법보다 한발 앞서 옮겨 다녀야 하는 것은 그의 잘못 때문이었다.

그가 문제를 일으킨 덕분에 호프와 행크가 연구하고 있던 프로젝트를 완성시키는 시간이 더 길어지고 있었다.

더 기다려야 했다.

그녀는 살면서 언제나 기다리기만 해왔다.

호프는 기다리는 것이 지긋지긋했다.

CHAPTER

04

Ant-Man and the Wasp

"앤트맨 얘기해줘요!" 캐시가 말했다. 캐시는 샌드위치를 다 먹고 이제 초콜릿과 바닐라 아이스크림이 들어 있는 플라스틱 컵을 뜨고 있었다. 스캇도 하나 먹을 참이었다. 그들은 각자 손에 나무 스푼을 들고 맛있게 디저트를 먹기 시작했다. 캐시가 스캇의 집에서 '균형 잡힌 식사'를 건너뛴 것을 알면 매기는 뚜껑이 열릴지도 모른다. 하지만 스캇에게는 캐시와의 시간이 제한되어 있었다. 콘칩과 아이스크림이 하나밖에 없는 딸과의 시간을 달콤하게 만든다면 기꺼이 주지 않을 사람이 누가 있겠는가?

"캡틴 아메리카 스토리 얘기하는 중이었잖아." 스캇이 항의했다. "그것부터 다 끝내는 게 좋지 않을까?"

캐시는 고개를 왼쪽으로 돌렸다가 다시 오른쪽으로 돌렸다.

"그럼 싫다는 거야?"

"앤트맨 얘기해줘. 그리고 다음에 캡틴 아메리카 얘기 또 해줘." 캐시는 아이스크림을 입에 가득 넣고 말했다. "난 아빠 이야기가 좋아."

스캇은 무릎을 치면서 식탁에서 일어났다. "그럼 앤트맨 이야기를 해야지."

* * *

스캇과 매기가 이혼한 데는 이유가 있었다. 그는 언제나 캐시에게 앤트맨 스토리를 얘기할 때 이 부분은 빼고 이야기했다. 하지만 이야기할 때마다 마음 한편으로는 그 부분을 떠올리지 않을 수 없었다.

스캇은 좋은 남자이자 좋은 남편이었다. 그리고 아이가 태어나기를 기다리는 동안 그는 자신이 좋은 아버지가 될 것임을 알고 있었다.

모든 상황이 좋아지고 있었다.

그리고 비스타 사 사건이 일어났다.

그것은 스캇이 캐시에게 한 번도 이야기하지 않은 앤트맨 스토리의 또 다른 부분이다. 바로 그가 도둑질을 저질렀다는 것이다. 하지만 로빈 후드 같은 정의로운 도둑이었다. 스캇은 사람들이 거대 기업에게 착취당하고 상처받는 것을 그냥 보고만 있을 수 없었다. 그는 평생 모은 돈을 부도덕한 기업들에게 도둑맞다시피 해서 잃어버렸어도 이에 맞서 싸우지 못하는 사람들을 보고 분노했다. 그리고 분노를 느꼈을 때 무언가 해야겠다고 결심했다.

스캇은 비스타 사 사건에서 회사가 고의적으로 고객들에게 부당한 금액을 요구했다는 것을 밝혀냈다. 그래서 비스타 사의 시스템을 해킹해서 그들이 갈취한 돈을 빼낸 다음 고객들에게 다시 돌려주었다.

스캇은 자신이 옳은 일을 하고 있다고 생각했고 만족감을 느꼈다.

하지만 경찰의 생각은 좀 달랐다. 또 모든 사람들이 그의 의도가 훌륭하다는 것에 동의하긴 했지만 결과적으로 그는 도둑질을 한 것이었다. 평범한 도둑과 다를 것이 없었다.

그래서 스캇은 로빈 후드와는 달리 샌 쿠엔틴 감옥에서 3년이나 복역해야 했다.

스캇이 감옥에 갔을 때 캐시는 그저 작은 아기였다. 집을 떠나 있는 동안 매기는 이혼을 요구했다. 그간 스캇의 로빈 후드 같은 행동을 감수하고 살았던 그녀에게도 비스타 사 사건은 받아들이기 힘든 수준이었다. 자신뿐만 아니라 딸을 위해서라도 안정된

삶이 필요했다. 매기는 왜 스캇도 그런 삶을 원하지 않는지 이해할 수가 없었다.

스캇 역시 자신을 이해 못하기는 마찬가지였다. 대체 얼마나 망쳐버린 것일까? 그는 캐시를 세상 무엇보다도 사랑했는데. 왜 자신의 행동에 대한 결과를 생각하지 못했을까? 비스타 사 사건처럼 눈에 띄는 일을 저지르는 것이 결국 그를 외로운 길로 끌어내릴 거란 사실을 알지 못했던 것일까?

몰랐던 것이 분명했다.

* * *

"그러니까 아빠가 출장에서 돌아왔을 때 루이스 아저씨를 만났고, 그리고 그 모험을 시작하게 된 거지! 그 부분 또 얘기해줘!" 캐시가 의자에서 몸을 흔들며 말했다.

'출장'은 스캇이 샌 쿠엔틴을 지칭하는 말이었다. 그렇게 거짓말하는 것이 탐탁지는 않았지만 그는 아직 모든 사건을 설명할 준비가 되지 않았다.

"맞아, 그랬지. 아빠가 일을 구하고 있었거든. 근데 루이스 아저씨가…."

"헤이, 헤이, 헤이! 나 여기 있다고!" 루이스가 갑자기 스캇의 방으로 머리를 들이밀었다.

"깜짝이야, 노크할 줄도 모르냐?" 스캇이 놀라서 물었다. "대체 내 방 밖에 서서 뭐하고 있던 거야?

루이스는 쑥스럽다는 듯이 웃었다. "나도 네 얘기 좋아하잖아. 정말 재미있어. 넌 정말 요점만 재미있게 말한다니까. 나도 그렇게 얘기할 수 있으면 좋겠어. 그런데 난 그냥 내 기분 내키는 대로 말한다니까, 알지?"

스캇도 반쯤은 웃었다.

"그러니까 우리가 부쉈던 부분을 얘기하고 있었지?"

스캇이 루이스에게 눈을 흘기며 티가 나지 않게 고개를 저었다.

"뭘 부쉈는데요?" 캐시가 물었다.

루이스는 캐시를 잠시 바라보았다. 스캇은 자신의 친구가 다음 말을 신중하게 고르고 있다는 것을 알았다. "우리는 그걸 부숴버렸지. 내가 끝내주는 기술들을 갖고 있잖아. 그러니까, 지금 당장 해볼 수도 있어, 한번 볼래?"

캐시가 웃음을 터뜨리자 스캇은 깊은 안도의 한숨을 쉬었다. 루이스는 거의 그를 죽일 뻔했다.

***

그것은 꽤나 간단한 일이었다. 물론 아이스크림 가게에서 일하는 것처럼 간단하진 않았다. 하지만 매니저가 그의 전과 기록을 알게 되자 아이스크림을 팔 기회도 사라져버렸다. 루이스가 말했듯이 아이스크림 회사는 언제나 모든 것을 알아내는 법이었다. 스캇은 전기 엔지니어였지만 과거에 감옥에 갔다 온 사실 때문에 안정된 일자리를 찾을 수가 없었다. 아이스크림 가게가 아니었다면 감옥에서 나와 실업자 신세였던 몇 달 동안 다시 도둑질을 하게 되었을 수도 있었다.

루이스 말로는 지하에 큰 금고가 있는 집이 있는데 금고에는 엄청난 돈이 들어있다고 했다. 스캇은 그저 루이스와 그의 동업자들인 커트와 데이브와 합류해 그 집에 침입한 뒤, 금고를 털어서 돈을 갖고 나오기만 하면 되는 일이었다.

스캇은 이 말을 들었을 때 다시는 그런 범죄를 저지르지 않겠다고 다짐했었다. 만일 잡힌다면 곧바로 감옥으로 갈 테고, 매기가 다시는 캐시를 만나지 못하게 할 테니까. 하지만 딜레마가 있었다. 스캇이 지금 캐시를 만나기 위해서는 매기에게 양육비를 줘야 했다. 또 양육비를 대려면 안정된 직장이 필요했다. 하지만 전과 때문에 그런 안정된 일을 가질 수가 없었다.

악순환이었다.

결국 스캇은 이 상황을 타개하기 위해서는 한 가지 방법밖에 없다는 것을 깨달았다. 바로 한 번 더 일을 하는 것이었다.

그러니 금고를 따고 들어갔을 때 거기에 돈이 단 한 푼도 없다는 것을 알고 스캇이 얼마나 놀랐을지 상상해보라. 그가 발견한 것이라고는 희한하게 생긴 오토바이 헬멧과 가죽옷들뿐이었다. 비록 그것밖에는 없었지만 스캇은 그날 밤에 한 일을 완전히 헛수고로 만들 수는 없었기에 그것들이라도 움켜쥐어야 했다.

일당들이 아파트로 돌아와서 훔친 물건들을 나눴을 때 스캇은 낙담했다. 돈이 없어서가 아니라 스스로에게 실망한 것이었다. 다시는 어떤 범죄도 저지르지 않겠다고 다짐했는데 또 그런 일을 저지르다니. 딸을 만나기 위해서라고, 그래서 캐시가 아빠 없이 자라지 않게 하기 위해서라고 스스로에게 수도 없이 말했지만, 세상에서 가장 나쁜 방법으로 캐시를 실망시킨 것 같은 기분을 떨칠 수가 없었다.

스캇은 아파트에 홀로 남아 거울에 비친 자신의 얼굴을 찬찬히 살펴보았다. 그리고 오토바이 헬멧과 가죽 재킷을 바라보고는 옷들을 입어보기로 했다. 이유는 모르겠지만 그랬다. 그런데 옷을 입어본 스캇은 너무 편하게 잘 맞아서 놀랐다. 헬멧도 써보았다. 헬멧 역시 지금까지 써본 다른 여느 오토바이 헬멧과는 전혀 다른 느낌이었다.

스캇은 자신의 모습을 좀 더 잘 보기 위해 거울에서 조금 떨어진 욕조 안에 서서 거울을 바라보았다. 옷을 입은 모습이 뭔가 이상해 보였다. 솔직히, 뭐랄까 벌레 같다고나 할까, 스캇은 그런 느낌이 들었다. 확실히 뭔가… 곤충스러웠다. 이게 진짜 헬멧이긴 한 걸까?

그는 양쪽 장갑에 조종 장치가 있다는 것을 알아차렸다. 오른손에도 버튼이 있고 왼손에도 버튼이 있었다. 스캇은 왼손에 있는 버튼을 눌렀다. 하지만 아무 일도 일어나지 않았다. 그리고 다시 오른손에 있는 버튼을 눌러보았다. 그러자 눈 깜짝할 사이에 세상의 모든 것이 커지기 시작했다.

스캇 자신이 작아지고 있었던 것이다.

스캇이 버튼을 누른 바로 그 순간부터 단 몇 초 만에, 그는 개미만 한 크기로 줄어들었다. 말 그대로 개미였다. 이제 그는 욕조 바닥에 서 있었고 바로 옆에 엄청난 크기의 배수구가 어렴풋이 보이고 있었다. 마치 거대한 입을 벌리고 있는 것 같았다.

그래서 그는 그런 경우에 누구나 할 것 같은 행동을 했다.

소스라치게 놀란 것이다.

그리고 그 순간에 처음으로 행크 핌의 목소리를 들었다.

"그 아래에서 보니까 세상이 완전 달라 보이지. 그렇지 않나, 스캇?"

목소리는 스캇의 귀에서 쩌렁쩌렁 울렸다. 그리고 뭔가 생색내는 것보다 좀 더 거만한 느낌이었다.

"누구야?" 스캇은 주변을 돌아보며 소리쳤다.

하지만 아무도 없었다. 거인처럼 보이는 루이스가 욕실로 들어와 샤워 커튼을 젖히기 전까지는.

스캇은 자신이 처한 상황을 루이스에게 알리기 위해 할 수 있는 모든 것을 다 했다. 위아래로 점프를 하고 손을 흔들고, 온 힘을 다해 소리를 질러보았지만 아무 소용이 없었다. 너무나 작았기 때문이다. 루이스는 스캇을 보지도, 그의 목소리를 듣지도 못했다.

루이스가 샤워기 물을 틀기 직전이었다.

"불의 심판이야, 스캇." 목소리가 스캇의 귀를 가득 채웠다. "아니, 지금 같은 경우에는 물의 심판이라고 해야겠군."

수도꼭지에서 쏟아지는 물줄기가 스캇을 향해 돌진했다. 완전히 아마겟돈이었다. 물이 그를 쓸어버릴 듯 위협적으로 밀려오자 스캇은 물벼락을 뒤로 하고 반대편으로 뛰기 시작했다. 물이 스캇을 덮쳐 솟구치면서 무방비 상태의 그를 위로 들어 올렸고 그는 욕조 밖으로 튕겨져 나왔다.

스캇은 골프채로 후려쳐서 내팽개쳐진 작은 잔디 조각처럼 타일 바닥으로 떨어졌다.

그리고 다시 목소리가 들렸다. "내 생각에 자넨 자네가 생각하는 것보다 더 터프한 것 같군."

05

Ant-Man and the Wasp

스캇은 한참 이야기하는 도중에 지미 우로부터 전화가 와서 잠시 중단해야 했다.

"우 요원님?" 스캇이 전화기에 대고 말했다. "제가 또 무슨 일을 저질렀나요? 전 아파트 밖으로 한 발자국도 안 나갔습니다. 맹세할 수 있어요. 발찌도 켜져 있다고요."

"랭 씨, 진정하세요. 괜찮습니다." 우 요원이 말했다. "그저 매일 체크할 시간이 돼서 전화한 것뿐입니다. 지금 다른 임무를 수행하느라 밖에 나와 있거든요. 그래서 오늘은 전화로 대신한 겁니다."

"아, 그럼 됐네요." 스캇이 안도의 한숨을 내쉬며 대답했다. 스캇은 우 때문에 긴장한 티를 내지 않으려 했지만 분명 긴장한 기색이 역력했을 거라 확신했다.

"네, 전 집에 있어요. 언제나처럼 아무 데도 나가지 않고요."

"다행이군요." 우는 뭔가에 정신이 팔린 것 같았다. "우리의 합의를 망치는 건 어떤 것이든 싫을 테니까요. 분명 캐시도 싫어할 겁니다. 당신은 잘하고 있어요, 스캇. 형량을 다 채우는 건 그냥 시간문제일 뿐입니다."

스캇은 누가 언제라도 그런 식으로 캐시를 대화에 끌고 들어가는 것이 싫었다. 적어도 스캇은 캐시에 대해 그렇게 이야기하는 것을 허용할 수 없었다. 캐시가 얼마나 멋진 아이인지, 얼마나 귀여운지, 얼마나 똑똑한지에 대한 얘기가 아니라면 말이다.

"난 상황을 망치는 일은 그 어떤 짓도 안 할 겁니다." 스캇의 목소리에 분노가 느껴졌다. "앞으로는 절대로요."

***

가택 연금은 모두 아주 사소한 위반 때문에 생긴 일이었다. 스캇은 자신이 캡틴 아메리카를 돕기 위해 클린트 바튼과 함께 독일로 향한 것이 소코비아 합의안의 제3항 16조를 어겼다는 것을 알게 되었다. 소코비아 합의안은 117개국이 서명한 전 세계적인 합의안이었다. 이는 어벤져스처럼 소위 슈퍼 파워를 지닌 사람들을 통제하기 위해 만든 것이었다.

스캇은 미 국토안보부와 독일 정부 간의 형량 거래의 대상이 된 덕분에 미국으로 다시 돌아올 수 있었지만 2년 동안 가택 연금 상태로 지내야 했다. 또한 합의의 일부로 현재 소코비아 합의안을 어기고 있는 상태의 예전 동료들 중 그 누구와도 접촉하지 않겠다고 맹세해야 했다.

행크 핌과 호프 반 다인과도 마찬가지였다.

스캇은 캡틴 아메리카 옆에서 싸우기 위해 독일로 떠났을 때 자신의 행동이 어떤 결과를 가져올지 깨닫지 못했다. 캡틴이 그들은 법의 테두리 밖에서 활동하고 있으며 스캇이 함께한다면 다시 감옥으로 가야 할지도 모른다고 했을 때조차도 예상하지 못했다.

'멍청한 랭.' 스캇은 생각했다. '멍청이.'

* * *

"지금 듣고 있는 건가요?"

"네? 뭘요?" 스캇이 물었다.

"내가, 잠깐만요, 지금 누가… 아니, 그런 적 없는데… 뭐죠, 스캇?" 우 요원이 물었다.

스캇은 전화기를 귀에서 떼어냈다. 그리고 자신의 손에 들린

얇은 검정색의 네모난 물체를 바라보았다. '대체 왜 이런 대화를 하고 있는 거지?' 그는 이런 생각이 들었다. '우리 둘 다 아무도 집중하고 있지 않는데 말이야.'

"저기요, 우 요원님. 이제 끊어야겠어요." 스캇이 캐시에게 윙크하며 말했다. "콘칩을 먹어야 할 시간이거든요."

"아, 네네." 우가 여전히 정신이 팔린 채 대답했다. "그럼 나쁜 짓은 하지 마세요. 내일 통화합시다."

스캇은 전화를 끊고 길고 깊은 한숨을 내쉬었다. 캐시는 몸을 기울여 스캇의 갈비뼈가 아플 정도로 그를 꽉 안아주었다.

"너 점점 힘이 세지는 것 같은데, 땅콩아."

"헐크처럼 힘이 세지!" 캐시는 어깨를 근육처럼 보이게 구부리며 무서운 표정을 지었다. 갑자기 캐시의 얼굴에서 웃음기가 사라지더니 진지한 말투로 물었다. "아빠 헐크랑도 싸워본 적 있어? 싸워봤어?"

"아니, 헐크랑은 싸운 적 없어." 캐시는 살짝 실망한 것 같은 표정이었다. "하지만 헐크랑 싸운 사람은 만나봤지."

"정말?" 캐시의 얼굴이 밝아졌다. "누구?"

"아이언맨."

"난 아직도 아빠가 왜 아이언맨이랑 싸워야 했는지 이해가 안 돼." 캐시가 순간 심각한 목소리로 말했다. "맘에 안 들어."

"나도 그렇단다." 스캇이 대답했다.

CHAPTER

06

———————————————— Ant-Man and the Wasp

범죄자처럼 몰래 돌아다니는 것은 전혀 호프의 취향이 아니었다. 그녀는 자신이 거기에 과연 익숙해질 수나 있을지 의문이었다. 뿐만 아니라. 익숙해지지 않기를 기도했다.

왼발 돌려차기로 연습용 더미를 걷어차면서 호프는 자신의 발이 제대로 타격했다는 것을 느꼈다. 그 확실한 공격으로 그녀는 어느 정도 침착해졌다. 그래서 이번에는 오른발을 들어 다시 한 번 휘둘렀다. 연습용 더미가 말을 할 수 있다면 아마 자비를 베풀어달라고 했을지도 몰랐다.

하지만 설령 말을 할 수 있다 해도 일말의 자비도 얻을 수 없었을 것이다.

자신의 상황에 대해 생각하면 할수록 타격은 점점 빨라졌다. 처음에는 오른팔로, 그다음엔 왼손으로 더미를 내려쳤다. 그녀는 더미의 팔 위아래를 무자비하게 공격했고 가끔 덤으로 가슴팍을 쳤다.

하지만 충분하지 않았다.

그래서 호프는 다른 시리즈의 펀치를 고안했다. 이전보다 더 정밀한 타격을 줄 수 있는 것이었다. 그녀는 연습용 더미에 최대한의 충격을 주고 싶은 부위를 여러 곳 골라서 그곳을 정확히 찾아내 공격했다.

머리.

어깨.

가슴.

훈련을 하면서 무아지경에 빠지면 엄청난 해방감을 느낄 수 있었다. 탈출. 그보다도 지속적으로 자신의 격투 능력을 연마하면서 몸과 마음에 집중함으로써 호프는 다른 목표에 눈을 돌리고 있었다. 언젠가 자신만의 특별한 슈트를 입고 와스프가 될 미래를 내다보는 것이다.

운동을 하는 그녀의 머릿속에 다른 생각이 떠올랐다. 스캇이 아니었다면 자신이 벌써 와스프가 될 기회를 가졌을지도 모른다는 생각이었다.

잘했어, 스캇 랭. 최근의 사건들에 비추어보면 애초에 행크가 스캇에게 접근해서 그들에게 합류하도록 한 것 자체가 의심스러웠다.

모든 것이 사전에 약속된 것처럼 시작되었다. 그녀와 스캇은 함께 일하는 것이 잘 맞았다. 호프와 그녀의 아버지, 스캇, 이 세 사람은 함께 사물의 크기를 원하는 대로 바꿀 수 있는 기술을 가장 높은 가격을 부른 사람에게 팔려던 대런 크로스의 광적이고 위험한 욕망을 무산시켰다. 크로스의 계획은 세계가 미처 대응조차 하기 전에 소형화된 용병들이 한 나라를 공격하고 불안정하게 만들 수 있는 세상을 창조하는 것이었다. 많은 사람들이 크로스와의 전투를 지켜보았다. 사람들은 말 그대로 '핌 테크놀로지'가 눈앞에서 펼쳐지는 것을 본 것이었다. 어떠한 의도나 목적이라도 완전히 지워지는 것, 무의 세계로 사라지는 장면을 말이다.

바로, 양자의 영역.

'우리는 지금쯤 거기에 도달했을 텐데.' 호프는 씁쓸한 기분이 들었다. '엄마를 찾을 수 있었을 텐데… 스캇만 아니었다면…'

머리.

어깨.

가슴.

돌려차기.

불쌍한 더미. 스캇.

크로스와 핌 테크놀로지 사이에서 벌어진 사건 이후, 행크는 스캇에게 납작 엎드려 아무에게도 들키지 말라고 지시했다. "뚜껑을 꽉 닫아놓고 있어." 정확히 그가 했던 말이다. 행크는 어떤 연방정부기관이라도 주변을 기웃거리면서 자신에게 손을 대려 하는 것을 원치 않았다. 행크는 더 이상 앤트맨이 대중이나 다른 무언가에 노출되는 일은 없을 것이므로 더 이상의 위험은 없으리라 생각했다.

호프는 아버지가 자신의 기술이 나쁜 사람들 손에 들어갈까 봐 걱정하고 있다는 사실을 알고 있었다. 하지만 스캇에게 지시한 내용 뒤에 숨겨진 진짜 의미는 호프의 어머니를 구출할 수 있는 단 한 번이 될지도 모르는 기회를 망치는 어떤 일도 일어나서는 안 된다는 것이었다.

호프는 수건을 집어 이마의 땀을 닦았다.

연습용 더미는 산산조각 난 채로 그녀의 발밑에 흩어져 있었다.

* * *

그 기억조차 호프의 목을 조여왔다. 호프는 아버지가 마침내 그녀의 어머니에게 어떤 일이 있었는지를 이야기하면서 모든 사실을 털어놓았을 때를 돌이킬 때마다 눈물을 삼키기 위해 고군분투해야 했다.

행크가 처음 스캇을 영입해서 앤트맨 슈트를 입게 했을 때 호프는 아버지에 대한 분노를 참을 수 없었다. 사실 행크에게 화를 내는 것은 새삼스러운 게 아니었다. 호프는 앤트맨이 되고 싶었다. 그래서 크로스로부터 옐로우 재킷 슈트를 훔쳐내기 위해 핌 테크놀로지에 몰래 들어갔던 것이다. 그녀는 자신의 능력을 계속해서 증명해왔지 않은가? 왜 아버지는 그녀가 할 수 있다는 것을 믿지 않고 스캇 랭처럼 거의 알지도 못하는 도둑을 믿고 임무를 맡긴 것일까?

참는 데도 한계가 있었다. 그녀는 한편으로 크로스를 막기 위해 행크와 함께 일하는 것이 부녀를 한데 모아줘서 멀어졌던 둘 사이의 거리를 좁히는 데에 도움이 될 거라 믿었다.

하지만 다른 한편으로는 자신이 완전히 틀렸다고도 생각했다.

스캇의 이 말을 듣고 나서야 호프는 생각이 바뀌었다.

"난 소모품이에요." 스캇은 그녀가 분노와 실망에 가득 차서 혼자 차에 처박혀 있을 때 이렇게 설명했다. "그게 내가 여기 있는 이유에요. 당신은 이제 그걸 깨달아야 해요. 그러니까, 그것 때문에 내가 슈트를 입는 거고 당신은 못 입는 겁니다. 그는 당신을 잃는 것보다는 당신과 싸우는 게 낫다고 생각하는 거예요."

호프는 그런 식으로 생각한 적이 없었다. 왜 그렇게 생각해야 한단 말인가? 평생 동안 그녀가 자신의 아버지에 대해 알아온 것은 그가 자신의 인생에 딸이 들어오는 것을 막으려고 했다는 사실뿐이었다.

행크의 집으로 돌아가 아버지에게 맞섰을 때 호프는 어떤 일이 생길지 결코 예상하지 못했다.

행크는 그녀에게서 등을 돌린 채 천천히 이야기를 시작했다.

"네 엄마 말이다." 행크가 말을 꺼냈다. "네 엄마는 내가 임무를 수행하려면 자기가 꼭 함께해야 한다고 날 설득했어. 그들은 그녀를 와스프라고 불렀지. 재닛은 타고났었단다."

호프는 행크가 하는 모든 말에 귀를 기울였다.

"하지만 나는 그렇게 하자고 대답한 걸 후회하지 않은 날이 단 하루도 없었어."

행크는 잠시 동안 말을 잇지 못했다. 분노로 인해 속에서 단어들이 끓고 있는 것 같았다. 그리고 다시 나직한 목소리로 이야기를 계속했다. "1987년이었어. 분리주의자가 소련의 미사일 격납고를 공중에서 탈취해서 러시아 서부의 쿠르스크로 가져갔지. 그리고 미국을 향해 대륙간탄도미사일을 발사했어."

호프는 아버지가 계속하기를 바라면서 잠자코 듣고 있었다.

"미사일 내부로 들어가는 유일한 방법은 고체 티타늄을 통과하는 것뿐이었어. 미사일을 해체하기 위해서는 분자 크기로 작아져야만 했지. 하지만 내 조절 장치는 무척 심하게 망가져 있었단다." 행크의 목소리가 떨리고 있었다. "네 엄마는… 주저하지 않았다. 그녀는 자신의 조절 장치를 끄고 아원자 상태가 되었어… 폭탄을 해체하기 위해서. 그러고는 사라졌지."

호프는 이 이야기를 들어본 적이 없었다. 자신의 어머니에게 정말 어떤 일이 일어났는지 전혀 모르고 있었다. 그리고 아버지의 이런 모습도 본 적이 없었다. 진솔하고 연약한 모습이었다.

"네 엄마는 영웅이었어." 행크는 호프를 보면서 말했다. 이해 혹은 용서를 구하는 눈빛이었다. "그 후 10년 동안 나는 내가 할 수 있는 모든 것을 다해 양자 영역을 연구하려고 했어."

호프는 눈물을 흘리며 고개를 끄덕였다. 마침내 이해하게 된 것이었다. "엄마를 다시 데려오려고 했군요."

행크는 고개를 짧게 끄덕였다. "하지만 결국 우리가 아무것도 모른다는 것밖에 알아내지 못했다."

***

그때는 그랬을지도 몰랐다. 수년간 연구하고 실험했어도 양자 영역은 행크에게 해결할 수 없는 미스터리로 남아있었다. 하지만 그 옐로우 재킷 사건 이후 그들은 뭔가를 알게 되었다. 크로스를 무찌르기 위해서 스캇은 아원자 상태가 되어야 했고 옐로우 재킷 슈트를 안에서 밖으로 파괴했다. 오래전 재닛이 줄어들고 또 줄어들어 분자들 사이로 빠져버린 것처럼 스캇은 옐로우 재킷 슈트와 그가 보여주었던 세계를 영원히 제거하기 위해 필요한 일들을 할 수 있을 정도로 작아지고 또 작아졌다.

크로스는 폭발했다. 남은 것은 하나도 없었다. 어떤 모습이나 흔적도 없었다. 하지만 스캇은 계속해서 줄어들었고 양자 영역의

지옥 속에서 떠돌 때까지 작아졌다.

그는 캐시가 자신을 부르는 것을 듣고 나서 죽을 각오로 의지를 발휘했고 이에 엄청난 행운이 더해져 양자 영역을 탈출해서 다시 커질 방법을 찾아냈던 것이다.

호프와 행크에게는 양자 영역에서 돌아오는 기술이 옐로우 재킷을 무찌르는 것 이상의 가치가 있었다. 스캇은 양자 영역에 들어갔다가 다시 돌아왔다. 그는 살아남았다.

만일 스캇이 그곳에 갔다가 돌아올 수 있었다면… 그가 살아남을 수 있었다면….

…재닛도 그럴 수 있을 것이었다.

옐로우 재킷 사건 이후, 행크와 호프는 양자 영역으로 가는 통로를 발견하고 살아서 되돌아오는 방법을 찾기 위해, 또 재닛을 데려오기 위해 연구에 몰두했다.

그들은 행크가 가진 자원을 이용해서 프로젝트에 자금을 대고 물밑에서 눈에 띄지 않고 조용히 일했다. 그리고 스캇을 통해 알아낸 것들을 기반으로 진척을 이루었다. 어쩌면 행크가 이름 붙인 '양자 터널'을 완성하는 데 일 년이 채 걸리지 않았을지도 모른다. 일 년도 되지 않아 그들은 호프의 엄마를 찾아서 집으로 데려오기 위해 양자 영역을 무사히 탐험하는 방법을 알아냈을 수도 있었다.

스캇이 모든 것을 망치지만 않았다면 그랬을 것이다.

언제나처럼.

CHAPTER

07

—————————————— Ant-Man and the Wasp

'어떻게 스캇은 모든 걸 망쳐버릴 수가 있지?' 호프는 이런 생각 때문에 화를 참을 수 없었다. 이 모든 것은 그녀와 행크가 그동안 연구해온 모든 것을 망쳐버릴 성급한 결정을 내린 한 남자 때문이었다.

행크는 더 이상 명확하고 직접적일 수 없게 이야기했다. "뚜껑을 꽉 닫아놓고 있어." 즉 '앤트맨 슈트를 장난삼아 갖고 나가지 마라. 불필요한 관심을 끌지 말라'는 뜻이었다. 뇌가 반만이라도 있으면 저 말이 무슨 뜻인지 이해하고 그렇게 행동했을 것이다.

하지만 어떻게 된 일인지 스캇은 두 가지 모두 어겨버렸다. 아주 공개적으로, 아주 문제가 되는 일을 한 것이다.

하지만 호프를 정말 짜증나게 한 것은 너무나 아무렇지도 않게 받아들인 그 임무에 대해 일언반구도 하지 않고 떠났다는 점이었다. 이것이 호프의 속마음이었다. 마치 자신에게 어떤 문제가 생길지도 모른다는 생각조차 하지 못한 것 같았다. 그는 자신이 해야 할 일에 대해 그녀에게 조언이라도 구했어야 했다. 지금까지 그 모든 일들을 함께 겪고 나서… 호프는… 이렇게 생각했다. 뭐랄까, 어떻게 생각했던 것일까? 서로 믿었다고나 할까? 서로에게 관심을 갖고 걱정해줬다고 할까?

누군가에게 관심을 갖고 챙겨준다면, 그 사람을 믿는다면, 어떻게 그렇게 아무 말도 없이 몰래 떠나버릴 수가 있단 말인가? 호프는 이해할 수가 없었다.

그녀와 행크가 지하의 실험실에서 양자 터널을 현실로 구현하기 위한 기술을 완성시키려고 고생하는 동안 스캇은 아무도 모르게, 아무 말도 없이 독일로 가버린 것이다.

대체 뭘 위해서?

캡틴 아메리카와 아이언맨 그리고 다른 모든 히어로들이 뒤엉킨 슈퍼 히어로 대전에서 멋지게 한 축을 담당하기 위해서였다.

스캇이 그렇게 가버린 것만 생각하면 호프는 지금이라도 그의 턱을 날려버리고 싶었다.

아주 세게.

지구상의 거의 모든 사람과 마찬가지로 그녀와 행크도 뉴스를 통해 이 사실을 알게 되었다. 첫 번째 보도는 베를린 남서부에 있는 라이프치히 할레 공항에서 나왔다. 어벤져스들 사이에 엄청나게 큰 전투가 벌어지고 있다는 것이었다. 한쪽에는 아이언맨, 워머신, 블랙 위도우, 비전 그리고 거미가 그려진 슈트를 입은 깡마른 남자가 있었다. 다른 한쪽에는 캡틴 아메리카, 팔콘, 스칼렛 위치, 호크아이, 윈터 솔져 그리고 스캇 랭, 즉 앤트맨이 함께 있었다.

'앤트맨이라니.' 호프는 쓴웃음을 지었다. 만일 스캇이 작아진 상태로만 싸웠다면 보이지도 않았을 것이고 그가 그 전투에 참가했다는 사실을 아무도 몰랐을지도 모른다. 그건 용서할 수 있을지도 몰랐다. 그랬다면 그녀는 단지 캡틴 아메리카가 요청했다는 이유만으로 마치 팬보이처럼 달려든 것에 대해서만 화를 냈을지도 모른다.

하지만 스캇은 TV에 '개미만 한 크기'로 나온 것이 아니었다.

오히려 '거대한 규모의 크기'에 더 가까웠다. 옐로우 재킷 사건 이후로 행크는 스캇과 함께 어떤 연구를 진행해왔다. 그리고 그들은 만약 사람이 핌 입자를 이용해서 줄어들고 다시 본래의 크기로 돌아갈 수 있다면, 반대로 더 커질 수도 있다는 사실을 발견한 것이다.

정말 커질 수 있었다.

빌딩만 한 크기로.

스캇은 정확히 그 일을 공항 카메라들 앞에서 해버렸다. 그곳에서 차들을 마치 장난감처럼 던지면서 전 세계가 보는 앞에서 아이언맨과 싸웠던 것이다.

그것은 적절해 보였다. 호프는 스캇이 아이언맨과 맞서 싸우려면 거대한 크기로 커져야 한다고 생각했다. 하지만 스캇은 그 행동으로 그녀와 행크에게 방금 어떤 문제를 일으켰는지 생생하고 구체적으로 보여주었다.

크기를 변화시키는 핌 테크놀로지를 전 세계가 보게 되었으니, 이제 권력기관이 연락하는 것은 시간문제였다. 그들은 행크의 기술을 파악하려고 할 것이며 호프와 행크는 이에 따라야 할 터였다. 그것이 FBI든 CIA든 쉴드의 잔재든 혹은 히드라든, 아니면 다른 뭔가를 알고 있는 누군가가 됐든 마찬가지였다.

호프는 TV에서 그를 보았을 때 완전히 상반된 두 반응을 보였다. 우선 그녀는 화면을 보고 놀라움에 입을 벌린 채 아무 말도 하지 못했다. 다음에는 스캇의 얼굴을 상상하면서 연습용 더미를 찾아 힘껏 때려주고 싶은 충동을 느꼈다.

하지만 호프는 자신이 가장 잘하는 것을 하기로 결정했다.

정면으로 맞서는 것이었다.

* * *

"할 수 있는 모든 것을 다 모으세요." 호프는 행크의 연구실에 걸어들어가면서 이렇게 말했다. 그러고 나서는 작업대를 오른팔로 쓸어서 위에 올려져 있던 것을 모두 치워버렸다. "여기 전부 올려놓으세요."

호프는 양자 터널 프로젝트에 무엇이 필요할지를 적으면서 실험실을 돌아다녔다. TV 소리는 크게 울려 퍼지고 있었고, 크고 멍청한 스캇 랭의 모습이 반복적으로 보도되는 TV 뉴스 소리가 크게 울려 퍼지고 있었다. 그녀는 펌 입자로 가득 찬 작은 병을 은색 여행 가방에 넣었다.

"뭐 알아낸 거 있어요?" 호프가 물었다.

행크는 여러 가지 방법을 곰곰이 생각하다가 작업대에서 간신히 고개를 들어서 호프를 바라보았다. 그의 바로 옆에 핸드폰이 있었다.

"쉴드에서 일할 때 알던 정보원과 방금 통화를 했다. 연방 당국이 이미 여기로 출발했다고 하는구나. 지금으로선 네 계획이 우리의 유일한 방법인 것 같구나. 양자 터널을 완성하는 데 필요하다고 생각하는 모든 것을 다 갖고 가야 한다. 그리고 필요하지 않다고 생각하는 것도 다 가져가야 할 거야. 아마도 언젠가 필요할 테니까."

"그럼 전부 다 줄여야겠네요." 호프가 행크의 논리를 따르며 말했다. "그런데 어디로 가야 되죠? 그냥 아무 모텔에나 들어가서 양자 터널을 지을 수도 없잖아요."

"그렇지." 행크는 호프의 말에 동의했다. "언젠가 이런 생황이

닥칠 때를 대비해서 준비를 조금 해놨단다."

"스캇한테 감사해야겠네요." 호프는 이렇게 말했지만 진심이라고는 없었다.

"스캇이 돌아오면 그 생각 없는 녀석을 처리해야겠다. 만약에 돌아온다면 말이야. 로스가 스캇과 그의 새로운 슈퍼 히어로 친구들에게 무슨 짓을 할지는 신만이 알겠지. 어쩌면 래프트에 처넣을지도 몰라."

'로스'는 전직 장군이자 지금은 국무장관인 새디어스 로스를 뜻했다. 그는 미국 정부를 통해 소코비아 합의안을 지키도록 하는 광범위한 책임을 지고 있었다. 또 태평양 어딘가를 떠다니고 있는, 슈퍼 파워가 있는 사람들을 가두기 위해 만든 감옥 '래프트'를 감독하는 임무도 맡고 있었다.

"이게 전부인 거 같아요." 호프는 테이블에 은색 여행 가방을 내려놓으며 말했다. "이제 이런 상황을 대비해서 조금 준비한 게 뭔지 알려주는 게 어때요?"

행크가 미소를 지었다. 그는 오른손에 반짝이는 손잡이가 달린 작은 큐브를 잡고 있었다. "우리의 새 집이지."

CHAPTER

08

—————————————— Ant-Man and the Wasp

"그럼." 스캇은 붉은 체스 말을 자리에 놓으면
서 말했다. "아이언맨한테 맞으면 아프지."

"아빠가 개미처럼 완전히 작을 때도?"

캐시가 물었다. 캐시는 검은색 말을 왼손에 들
고 눈을 크게 뜬 채 스캇을 바라보았다.

"그건 나도 몰라. 아이언맨한테 맞았을 때는
개미 크기가 아니었거든. 커졌을 때였어. 어쩌면
내가 계속 개미만 했으면 아예 날 때리지 못했
을지도 몰라."

스캇이 말하는 동안 캐시는 체스 말을 움직
였다.

"너 지금 한 번에 두 개를 움직인 거야?" 스캇
은 눈썹을 움찔하며 캐시를 바라보았다. 캐시는

키득거리기 시작했다.

"그래서? 이건 커넥트 4야, 아빠." 캐시는 플라스틱 체스판에 체스 말 두 개를 더 옮기면서 말했다.

"알아, 그런데 그렇게 한 번에 움직이면 안 되지!" 스캇은 항의했지만 곧 함께 웃기 시작했다. 그는 너무나 오랜만에 캐시와 이런 즐거운 시간을 보내고 있었다. 잠시나마 자신이 가택 연금에 처해 있다는 사실을 잊을 수 있었다. 그저 딸과 게임을 하면서 웃고 떠들고 즐기면서 시간을 보내는 평범한 아빠가 된 것 같았다.

하지만 스캇은 딸과 함께하는 시간은 순식간에 지나가버린다는 것을 알고 있었다. 곧 캐시가 엄마 집으로 돌아가야 할 시간이 올 것이다. 그리고 스캇은 다시 집에 홀로 남겨질 것이었다. 매 순간 발목에 차고 있어야 하는 전자발찌와 자신의 생각만이 함께할 뿐이었다.

그는 캐시와 함께하는 남은 시간을 망치고 싶지 않았지만 이런 생각을 오랫동안 자제하기는 힘들었다.

"왜 개미한테 말하는 거야?" 캐시가 순진하게 물었다.

"왜냐고? 뭘 해야 할지 알려줘야 하니까. 엄청 도움이 되는 녀석들이거든."

캐시는 체스 말을 상자에 넣기 시작했다. "아니, 내 말은 왜 하필 개미냐고? 다른 벌레들도 많은데."

스캇은 자신의 딸을 뿌듯한 표정으로 바라보았다. 캐시는 주변 세상을 관찰하고 그에 대한 사려 깊고 통찰력 있는 질문을 해서 언제나 스캇을 놀라게 했다. 캐시는 내면에 놀라운 호기심을 품고 있었다. 그건 타고난 것이었다. '캐시는 분명 또래 아이들보다 더 똑똑할 거야.' 스캇은 이렇게 생각했다.

"행크 핌 박사가 여러 가지 이유로 개미를 골랐다고 생각해. 네 생각엔 무엇 때문인 것 같니?" 스캇이 물었다.

어린 소녀는 오른손가락으로 가능성 있는 이유들을 하나씩 나열하기 시작했다. 스캇은 캐시가 한동안 이 질문에 대한 답을 찾으려고 고민해왔다는 것을 알 수 있었다. "개미는 힘이 엄청 세." 캐시는 서둘러 말했다. "그리고 서로 이야기할 수도 있어. 또 개미들은 함께 협력해서 일하는 방법도 알고 있지."

"언젠가 박사님한테 널 소개해줘야 할 거 같은데." 스캇이 캐시의 어깨를 잡으며 말했다. "맞아. 나도 그분이 저런 이유들 때문에 개미를 골랐다고 생각해."

"그럼, 개미랑은 어떻게 이야기해?" 캐시가 물었다.

"개미랑 어떻게―? 음, 그건 좀 복잡한 문제인데…."

***

"마음을 비워야 해요, 스캇."

스캇은 호프의 옆자리 조수석에 앉아있었다. 그들은 행크 핌의 집으로 들어가는 길에 서 있었다. 그는 지금까지 행크가 앤트맨으로 임무를 수행하면서 사용했던 방식으로는 개미들과 의사소통을 할 수 없었다. 그리고 만일 스캇이 개미들에게 말을 걸어 그들의 도움을 받을 수 없다면… 이제는 앤트맨이라고 할 수 없을지도 모를 일이었다.

"어떻게 개미들과 의사소통을 하는지 정확히 알아야 해요." 호프가 스캇에게 이어피스를 건네며 말했다. "캐시를 생각해요. 당신이 얼마나 딸을 만나고 싶은지를 생각하고, 그 생각을 집중하는 데 사용해봐요."

스캇은 자신이 할 수 있을지 확신이 없었지만 그렇다고 손해 볼 것도 없다고 생각했다. 그는 이어피스를 받아들고 호프가 보여준 것처럼 오른쪽 귀에 꼈다. 그리고 눈을 감고 심호흡을 하며 긴장을 풀었다.

스캇은 호프가 동전을 집어 들고 그들 앞의 대시보드에 부드럽게 내려놓는 것을 지켜보았다.

"눈을 떠요. 그리고 그저 개미들이 무엇을 했으면 좋겠는지에 대해서 생각해요." 호프가 조용히 말했다.

스캇은 정확히 그렇게 했다. 천천히 눈을 뜨면서 그는 개미들이 대시보드의 틈 사이를 따라 동전으로 다가가는 것을 생각했다. 겨우 1, 2초가 지나갔지만 스캇에게는 마치 한 시간은 흐른 것 같았다.

그리고 대시보드에 첫 번째 검은 머리가 보였다. 목수개미였다.

개미는 대시보드를 가로질러 동전 쪽으로 움직이기 시작했다. 잠시 후에 또 다른 목수개미가 합류했다. 또 한 마리가 나타났다. 마지막으로 한 마리가 더 합세했다.

그렇게 스캇이 개미에게 원했던 행동을 생각하며 그들을 바라보는 동안 개미 네 마리는 동전 바로 위를 지나가고 있었다.

'너희는 정말 잘하고 있어.' 스캇이 생각했다. '자, 이제 동전을 들어봐…'

개미들은 마치 스캇이 그들에게 큰 소리로 알려준 것처럼 머리와 더듬이, 앞다리를 이용해서 동전을 집어서 대시보드 위로 들어올렸다. 이제 그들은 동전을 높이 들고 있었다.

스캇은 놀라움에 숨을 헐떡였다. 정말로 개미들과 의사소통을 하고 있는 것이다! 믿을 수가 없었다!

"좋아요!" 호프가 스캇을 격려하면서 말했다.

스캇은 자신이 얼마나 더 할 수 있는지, 개미의 능력이 어느 정도일지 궁금해하면서 개미들을 잠시 바라보았다. '그래, 너희들이 뭘 할 수 있는지 한번 보여줘 봐. 어쩌면 동전을 한번 돌릴 수 있을지도 모르지…'

그러자 개미들이 바로 그 행동을 하기 시작했다. 그들은 동전을 수직으로 바로 세운 다음, 옆으로 빙글빙글 돌렸다.

스캇은 방금 자신이 더 큰 세계, 아니 역설적으로 더 작은 세계에 한 걸음 더 내디뎠음을 깨달았다.

＊＊＊

"그러니까 개미들이 아빠가 해달라는 건 다 해준다는 거지?"
캐시가 물었다.

"뭐, 그렇다고 할 수 있지. 합당한 이유가 있다면." 스캇이 덧붙
였다. "그렇다고 개미들이 네 숙제를 해주거나 하지는 않을 거야.
네가 묻는 게 그거라면 말이야."

캐시가 웃음을 터뜨렸다. "말도 안 돼! 내 숙제는 내가 해!"

캐시는 스캇과 함께 앉아있던 바닥에서 일어나서 게임 상자를
선반에 다시 갖다 놓았다.

"이제 뭘 하고 놀고 싶니?" 스캇이 물었다. 하지만 캐시가 대답
하기도 전에 루이스가 다시 방으로 머리를 들이밀었다.

"스캇! 캐시!" 루이스가 불렀다.

"그래, 루이스." 스캇이 대답했다. 캐시는 그저 미소만 짓고 있
었다.

"전에 그 일이 문제가 되면 너한테 말해달라고 나한테 말했던
거 기억나?" 루이스가 말했다.

"난 정말이지 네가 무슨 말을 하는지 하나도 모르겠어. 캐시랑
다 놀 때까지 좀 기다릴 수 없어? 얜 이제 거의 한 시간만 있으면
집에 가야 한단 말이야."

"그래, 좋아. 한 시간은 기다릴 수 있지. 그동안 사업이 완전히

망하는 것도 아니고, 한 시간 후에도 우린 직업도 없고 전망도 없을 테니까, 그 정도는 괜찮아." 루이스가 여전히 웃으며 말했다.

스캇은 캐시를 흘끗 보았다. 캐시는 이제 루이스에게 완전히 집중하고 있었다. 캐시는 루이스가 말도 안 되는, 때로 웃기기도 한 이야기를 장황하게 할 때면 그 얘기를 듣는 것을 좋아했다.

스캇은 한숨을 내쉬었다. "알았어, 이야기해봐."

CHAPTER

09

—————————————— **Ant-Man and the Wasp**

"어이, 한번 들어보라고." 루이스가 말했다. "그러니까 내가 주유소에 있었어. 거기에서 파는 전자레인지용 치즈버거를 좋아했거든. 또 기름이 떨어지기도 했고. 그래서 난 '일석이조를 마다할 필요가 없잖아. 안 그래?' 이런 생각을 했단 말이지."

스캇이 고개를 끄덕였다. 루이스가 흥분하면서 이야기할 때는 그저 고개를 끄덕여주는 것이 안전한 방법이었다. 루이스는 사람들에게 아주 오랫동안 끼어들지도 못하게 하면서 자신의 이야기와 관계된 모든 디테일을 다 얘기하는 것을 무엇보다 좋아했기 때문이다.

모든.

디테일.

하나까지도.

"그리고 나는 내 친구 플로이드의 전화를 받을 때 치즈버거를 먹고 있었어. 낚시하러 갔을 때 있었던 일 때문에, 이제 난 플로이드에 대해서 별로 얘기를 안 하는데, 우리는 다 털어버렸다고 생각해. 이번에는 이 일 때문에 전화한 거였어."

캐시는 루이스를 보고, 다시 스캇을 보고, 다시 루이스를 바라보았다. 캐시는 완전히 몰입해서 활짝 웃고 있었다.

"그래서 내가 말했지. '어떤 일인데?' 플로이드가 이렇게 대답하는 거야. '너 그 보안 회사를 어떻게 시작해야 할지 알고 있어?' 그래서 내가 생각했지. '내가 우리 보안 회사 대해서 플로이드에게 말한 적이 있었나? 걔한테 그 얘기를 한 게 기억나지가 않더라고. 그래도 어쩌면 말했을지도 모르지, 그런데 언제?'"

"요점을 얘기해보는 게 어때, 루이스." 스캇이 부드럽게 말했다. "천천히 심호흡을 해봐." 루이스를 집중하게 만드는 것은 종종 좌절감에 빠지게 만들었지만 그래도 시도해봐야 했다.

"그렇지, 스캇, 맞아. 그래서 내가 말했지. '그래, 그 보안 회사 알고 있지.' 그러니까 플로이드가 '어, 내 동생 레스터가 다니는 회사에 보안이 좀 필요하다고 하더라고.' 이렇게 말하는 거야. 그래서 내가 레스터한테 전화를 했더니 이런 말을 했어. '아, 맞아. 지금 당장 보안이 필요한 사람 밑에서 일하는 사람을 알고 있지. 그 사람이 뭔가 비밀스러운 사업을 좀 많이 하나 봐. 기술 같은 거랑 연관이 많은 거 같았어.'"

"으-흠." 스캇이 무표정하게 말했다.

"알잖아, 레스터가 '기술' 얘기를 했을 때 자동으로 네가 떠올랐어. 넌 완전 기술 그런 거 좋아하잖아." 루이스는 계속해서 말을 이었다. "그래서 내가 이렇게 말했지. '레스터, 그 남자 밑에서 일하는 그 사람 소개시켜줄 수 있어? 그 사람 이름은 뭐야?' 그랬더니 레스터가 '안 돼, 그 사람 이름은 말 못 해. 죽을지도 몰라.' 이렇게 말하는 게 아니겠어?"

스캇의 눈이 휘둥그레졌다. 그는 재빨리 캐시를 바라보았다. 그리고 루이스에게 '임마, 내 아이 앞에서 그런 얘길 하면 어떡해!' 라고 말하듯이 그를 노려보았다.

루이스는 스캇의 무언의 신호를 곧바로 알아챘다. "내 말은, 진짜로 죽인다는 게 아니라, 그냥 말이 그렇다는 거지. 어쨌든 레스터 말로는 이름을 말해줄 수 없는 그 남자가 예전에 파산했다는 그 커다란 테크놀로지 회사들에서 일했던 사람들이랑 사업을 하고 있다는 거야."

'핌 테크놀로지?' 스캇은 궁금했다. '아니면 그냥 우연들이 겹친 걸까?'

"그래서 레스터한테서 그 사람들이 누구 밑에서 일하는지를 알아냈어. 소니라고 하는데 성은 몰라. 너한테 이 얘기를 해야겠다고 생각했어. 어쩌면 뭔가 일어나고 있을 수도 있고 어쩌면 기회가 있을 수도 있고 어쩌면 이건 전부, 그냥, 마치 우리가 피해야 할 나쁜 문제일 수도 있으니까. 어쩌면 너무 늦어서 피하지 못할 수도 있지만 말이야."

루이스의 입에서 마지막 단어가 나왔을 때 그는 더 이상 내뱉을 숨도 없는 것처럼 보였다. 그저 제자리에 서서 씩 웃으며 스캇에게 눈을 한두 번 깜빡였다.

만일 루이스가 말한 사람들이 핌 테크놀로지에 다녔던 사람들이라면? 그리고 만일 그 사람들이… 호프와 행크라면?

스캇의 질문은 꼬리에 꼬리를 물었다.

그는 독일에서 있었던 일들이 모두 끝나기 전부터 호프나 행크와는 연락을 주고받지 못했다. 마침내 집으로 돌아왔을 때 그는 그들에게, 특히 호프에게 전화를 하려고 생각했었다. 하지만 그는 진퇴양난의 상황에 빠져 있었다. 스캇은 호프가 자신에게 화가 났으리라는 것을 알고 있었고 그녀가 얼마나 화가 났는지 알아보기 위해 전화하고 싶었다. 하지만 호프가 화났을 사실을 알기에 두려움 때문에 전화를 하지 못했던 것이다.

그래서 그는 아무것도 하지 않았다. 스캇은 자신이 호프를 실망시켰다는 것을 알고 있었다. 또 이 사실을 받아들이기가 매우 힘들다는 사실 또한 알게 되었다.

"그럼 그 소니라는 녀석에 대해선 아는 거 없어?" 스캇이 물었다.

루이스는 그 질문을 기다렸다는 듯이 고개를 격렬하게 끄덕였다. "나쁜 자식이래. 사람들이 필요로 하는 것들을 공급해주는

데, 가격이 엄청 비싸. 마치, 지금 돈 얘기 하는 건 아니지만, 그래도 마치 협박이나 비밀 같은 그런 거를 제공하고 그런다는데. 무슨 말인지 알지?"

"무슨 말인지 알겠어요!" 캐시가 대화에 불쑥 끼어들며 말했다.

루이스가 캐시에게 하이파이브를 하자며 오른손을 들었고 이내 두 손이 마주쳤다. "캐시는 정말 똑똑해, 스캇." 루이스는 캐시를 바라보며 말했다. "애들은 정말 빨리 자란다니까."

"맞아, 그런 것 같아. 그 사람을 알고 있다는 네 친구 동생이 아는 사람이랑 이야기해볼 수 있어?"

"무슨 얘긴지 다 이해했어?"

"그럼. 난 정말로 집중하고 있었어. 이해하기 그렇게 어렵지도 않았고."

"맞아, 맞아. 난 그저 누군가 정말 내 이야기를 단번에 이해한다는 게 익숙하지 않아서 그래. 보통은 내가 말했던 이야기 일부를 또 얘기하거나 전체를 전부 다시 반복해야 할 때도 있거든. 훌륭해." 루이스가 열정적으로 말했다.

"그럼 그 사람이랑 연락하게 해줄 수 있어?"

루이스가 눈을 깜빡이며 물었다. "어떤 사람?"

스캇이 눈을 부릅뜨자 루이스가 움찔했다. "그냥 장난친 거야. 그래, 당연히 그 사람이 어디서 일하는지 알아낼 수 있지. 그런데 우리가 갈 수는 있어?" 루이스가 말을 멈추고 스캇의 다리를 내려나보았다. 발목에 찬 전자발찌가 보였다. "아니면 전화번호를 알아올 수는 있지. 네가 전화하면 되니까."

잠시 침묵이 흘렀다.

"전화가 제일 좋겠네." 스캇이 말했다.

CHAPTER

10

"항상 소니죠." 호프는 역겹다는 듯이 말했다. 소니의 이름이 마치 저주의 단어라도 되는 것 같았다. 이것이 그녀가 소니에 대해 느끼는 감정이었다.

"필요악이야." 행크가 대답했다. 사실 그는 자신의 눈앞에 보이는 도로에 시선을 고정하고 있었다. "다른 방법이 있었다면 내가 그와 엮이려고 했을 거라 생각하니? 선택의 여지가 없어. 네 남자친구 중 하나 덕분에 말이다."

호프는 아랫입술을 깨물고 창밖을 내다보았다. 그녀는 자신이 오른손 주먹을 꽉 쥐고 있다는 것을 느낄 수 있었다. 다시는 이런 일이 없을 것이다. "그는 내 '남자친구'가 아니에요." 호프는 이렇게 말했지만 자신의 눈동자가 굴러가는 소리가 들릴 지경이었다. "그리고 그랬다고 한들, 지금은 아니죠. 다 옛날 얘기라고요. 그렇다고 우리가 과거로 돌아가서 스캇이 캡틴 아메리카랑 그 친구들과 함께 싸우려고 외국에 가는 걸 막을 수 있는 것도 아니잖아요."

행크가 웃음을 터뜨렸다. "그렇게는 못하겠지. 소니를 만날 준비는 다 한 거니?"

호프는 이렇게 묻는 행크의 목소리에서 그가 긴장하고 있다는 것을 알 수 있었다.

사실 긴장하기는 호프도 마찬가지였다. 그녀와 행크는 신분을 숨기고 다니기 시작한 이후에 양자 터널에 대해 연구하는 것이 생각보다 쉽다는 것을 알게 되었다. 하지만 재료를 쉽게 구하는 것, 작업 공간, 자유롭게 이동할 수 있는 능력 등 그동안 당연하게 여겼던 것들은 누리기 힘들어졌다. 호프는 공공장소에 나가게 될 때면 언제나 변장을 한 상태로 뒤를 돌아보았다. 슈퍼마켓에서 자신의 옆에 줄을 서 있는 사람이 정말 오렌지주스나 도넛을 사러 온 걸까, 아니면 정부에서 자신들을 덮치려고 나온 사람들인 걸까?

호프는 밴의 창문 밖으로 보이는 집들이 줄어드는 것을 보면서 상업지구로 들어서고 있다는 것을 알 수 있었다. 대부분의 상점 창문에는 임대나 폐업이라고 적힌 표지판이 붙어있는 것으로 보아 그다지 번화한 지역은 아니었다.

스캇 덕분에 그녀와 행크는 양자 터널을 계속해서 연구하기 위해 필요한 것들을 구할 다른 방법을 찾아야 했는데, 이는 사회의 좀 더 어두운 곳으로 들어가야 한다는 의미였다.

요컨대 소니 버치를 만나야 한다는 뜻이었다.

소니는 호프가 아는 저질 중에서도 가장 저질이었다. 그녀의 아버지와 소니는 쉴드에 있던 시절 서로 알던 사이였다. "그는 네가 알고 싶어 하지 않을 사람 중에 하나야." 호프는 행크의 이 말을 기억하고 있었다. "하지만 언젠가 알아야 할 날이 올지도 몰라."

소니는 말 그대로 변덕스럽고 그늘진 사람이었다. 좀 더 명확히 표현하자면 도난당한 물건을 거래하는, 한마디로 장물아비였다. 그는 장물을 싼 가격으로 구입해서 상당한 이윤을 붙여서 다른 사람들에게 판매했다. 히드라를 위해 장물을 구해다 줬다는 소문도 있었다. 쉴드가 몇 년 동안이나 싸워왔던 그 히드라를 위해서 말이다.

소니에 대한 또 다른 소문은 그가 냉혹한 살인자라는 것이었다.

이 모든 것들 때문에 호프는 매우 불편했다. 물론 자기 자신은 지킬 수 있었다. 그녀가 걱정하는 것은 아버지였다. 또 소니와 엮였다가 양자 영역에 도달하고 엄마를 구하는 데 중요한 연구들이 위태로워지기라도 할까 봐 걱정하고 있었다.

행크는 이런 호프의 내적 갈등을 감지하기라도 했는지 딸을 돌아보며 말했다. "나도 소니가 어떤 사람인지 알고 있어. 하지만 또한 양자 터널을 실제로 만들기 위해 필요한 부품을 얻으려면 이

방법밖에 없다는 것 역시 알고 있다."

호프는 고개를 끄덕였다. "알아요. 그저 그가 아무것도 망치지 않길 바랄 뿐이에요."

밴은 부서진 판자를 덧댄 창문이 달린 낡은 식당 앞에 멈췄다. 호프는 숨을 깊이 들이마셨다. 그녀는 이래야만 한다는 것에 분노를 느꼈다.

"소니가 뭔가 하려고 한다면 우리도 준비를 하고 있어야 해." 행크가 말했다. "우리는 누구를 상대하는지 알고 있지."

호프는 더 이상 아무 말 없이 밴에서 내려 문을 닫았다.

***

식당은 지저분하고 더러웠다. 바닥은 거의 20년은 닦지 않은 것처럼 보였다. 호프가 계산대 앞을 지나가는 동안에도 계산대에 서 있는 여자는 고개조차 들지 않았다. 여자는 자신의 손을 곁눈질하면서 금전등록기에 동전 뭉치를 넣기에 바빴다.

"원하는 곳 아무 데나 앉으세요." 여자가 말했다. 음침하고 피곤해 보이는 목소리였다. "빈자리는 많으니까요." 여자는 숨을 내쉬면서 중얼거렸다.

호프는 아무 말도 하지 않고 그저 고개를 끄덕이고는 계산대를 지나쳐갔다. 그녀는 이내 식당이 얼마나 비었는지 알 수 있었다. 수프 한 그릇을 먹는 노인(먹는다기보다는 수염에 수프를 묻히고 있다고 해야 할 것 같은) 말고는 아무도 없었다.

저 뒤쪽의 부스를 제외하면 말이다.

그곳에서 소니 버치가 그녀를 기다리고 있었다. 그는 평소와 마찬가지로 뭔가 일이 잘못되었을 경우를 대비해 자신을 보호하기 위한 근육질의 깡패 두 명과 함께 있었다. 혹은 소니가 일이 잘못되기를 바랄 때를 대비하는 것이기도 했다.

"다시 만나서 반가워." 소니는 이렇게 말하며 호프에게 자리를 권했다.

하지만 호프는 계속해서 서 있었다.

"돈을 가져왔어." 호프는 거래를 빨리 끝내기를 바라면서 이렇게 말했다. "물건은 갖고 왔겠지?"

소니는 의자에 등을 기대고 머그잔에 담긴 커피를 한 모금 마시더니 잔을 가리키며 말했다. "이 나라에서 제일 맛없는 커피야. 난 내가 살면서 더 멋진 것들을 좋아한다는 사실을 깨달으려고 이곳에 온단 말이야."

'재미있네, 나도 똑같이 생각했는데.' 호프는 이렇게 생각했다.

"물건은?" 호프가 다시 물었다.

소니는 다시 커피를 한 모금 마셨다. "바로 본론으로 들어가자는 얘기로군. 좋아. 음, 어쩌면 내가 그 부품을 갖고 있을 수도 있고, 없을 수도 있지. 네가 뭘 갖고 왔는지부터 볼까."

호프는 시선을 앞뒤로 움직이며 혹시 누가 보고 있는지 확인했다. 뒤에는 여전히 수프를 먹고(바르고) 있는 노인과 계산대 뒤에 있던 여자밖에 없었다. 그녀는 지금은 커피를 만들고 있었다. 호프는 아무도 보지 않는다는 것을 확인하고 주머니에서 봉투를 꺼내어 테이블 위에 올려놓았다.

"그 안에 모두 있어. 합의한 금액만큼."

소니의 왼쪽에 앉아있던 남자가 봉투에 손을 뻗자, 소니가 그를 주눅 들게 만드는 눈빛으로 쏘아보았다. "내가 봉투에 손을 대라고 했나?" 그는 부모의 말을 듣지 않은 아이를 꾸짖는 듯한 어조로 이렇게 물었다.

그 깡패는 어깨를 움츠렸다.

"선한 도움을 찾기란 참 힘들단 말이야." 소니는 이렇게 말하며 봉투를 움켜쥐기 위해 손을 뻗었다.

그때 호프가 오른손으로 소니의 손등을 내리쳤다.

세게.

깡패들은 재빨리 일어나 손을 자신들의 코트 아래로 집어넣었다. 분명 무기를 잡으려는 것이었다.

"물건." 호프는 단호한 목소리로 말했다.

소니는 호프를 바라보며 마치 그녀의 결심을 시험이라도 하듯이 호프의 눈을 응시했다. 호프의 시선이 물러설 생각이 없다고 말하는 것을 보고 소니는 허락의 의미로 미소를 지었다. 그는 마주쳤던 시선을 피하지 않으며 말했다. "진정해, 진정하라고. 이 여자는 그저 모든 걸 공정하게 제대로 처리하려는 것뿐이야." 소니가 자신의 깡패들을 향해 고개를 끄덕이자, 그들은 재킷 밖으로 손을 빼고는 테이블 뒤에 다시 앉았다.

그리고 소니는 자신의 재킷에서 작은 봉투를 꺼내어 호프에게 밀어서 건넸다.

"자, 확인해. 약속했던 대로지. 이제 내 돈을 주실까?"

호프는 봉투를 받아들고는 오른손을 들어 소니와 돈이 든 봉투를 놓아주었다.

호프가 봉투 안을 확인하자 작은 약병이 보였다. 그 속에는 아주 작은 컴퓨터 칩이 들어 있었다.

"네가 원했던 바로 그거야." 소니는 호프가 그에게 준 돈을 세면서 말을 꺼냈다. "좋아하는 색이 아니라면 미안하군." 그는 선심 쓰듯이 말했다.

호프는 뭔가 말을 하려다가 후회할 말을 할까 봐 이를 악물었다. 소니와 거래해야 하는 현실이 개탄스러웠지만, 지금은 소니가 그녀와 행크가 연구를 계속할 수 있는 유일한 수단이었다. 호프는 자신을 이런 불행한 상황에 처하도록 만든 스캇에게 다시 한번 저주를 퍼부었다.

호프는 병을 손에 꽉 쥐고 억지로 차분하게 웃으며 말했다. "전부 다 있네."

"더 좋을 거야." 소니가 미소를 띠며 대답했다. "거래 즐거웠어. 조만간 또 보자고."

———————————————— **Ant-Man and the Wasp**

"아빠, 아빠 발 좀 봐!" 캐시가 스캇의 발을 가리키며 말했다.

"내 발이 보고 싶다고?" 스캇은 캐시와 바닥에 앉아 거대한 요새를 만들고 있었다. 둘은 집에 있는 쿠션과 베개, 이불, 담요는 물론 의자까지 전부 동원해서 엄청난 크기의 성벽을 쌓고 있었다.

"발 말고 발찌 말이야." 캐시는 이렇게 말하며 베개로 만든 터널을 뱀처럼 꿈틀거리면서 지나갔다. "발찌가 깜빡거려. 멋있어. 나도 하나 갖고 싶은데, 엄마가 허락해줄까?"

"네가 뭐—??" 스캇이 터널 앞의 소파 쿠션을 잡아채며 말했다. 캐시의 말이 옳았다. 갑자기 스캇의 전자발찌가 울리고 있었다. 그런데 무슨 이유로? 그는 집을 떠난 적이 없었다. 현관문 밖으로는 한 발자국도 내딛지 않았다. 가뜩이나 전자발찌가 울리면 짜증나는데 하필 지금, 캐시와 한창 즐겁게 놀고 있을 때 울리다니.

'이 전자발찌는 내가 규칙을 지키고 아무것도 하지 않는데도, 뭔가 잘못되어야만 한다고 생각하는 게 분명해.' 스캇이 생각했다.

"베개 요새는 조금 이따가 다시 만들자. 전화 한 통만 하고 금방 올게." 연방수사국이 다시 집에 들이닥치기 전에 우 요원한테 당장 전화해야 했다. 신문 소동처럼 또 다른 '사건'을 기록에 남기고 싶지 않았다. 스캇은 그 사건을 영원히 만회할 수 있을까 싶었다.

그는 우에게 자신이 그 어떤 합의 사항도 어기지 않았다는 것을 확실하게 알려주려 했다. 우가 반드시 그를 믿을 필요는 없었다. 적어도 지금 당장은. 하지만 스캇은 뭐라도 해야 한다고 생각했다. 감옥으로 다시 끌려가서 캐시를 잃는 위험을 감수할 수는 없으니까.

다시는.

"아빠, 조심해!" 캐시가 외쳤다. "지금 일어나면 요새가 전부—?"

스캇은 아무 생각 없이 바닥의 커다란 담요를 끌면서 일어났고 그 담요가 요새의 꼭대기까지 지탱하고 있던 베개를 함께 당겨버렸다. 그러자 쿠션으로 만든 벽이 떨어지면서 모두 무너져 내렸다. 결국 그는 아주 짧은 순간 만에 마치 괴물이 날뛴 것처럼 베개 요새를 파괴해버리고 말았다. 스캇은 고개를 저으며 자신이 저지른 만행을 둘러보았다.

그러자 캐시가 큰 소리로 말했다. "한 번 더 해줘!"

"혹시 아빠 핸드폰 못 봤니?"

캐시는 어깨를 으쓱했다. "못 봤어. 아까 부엌에 놔두고 온 거 아닐까?"

"좋은 생각이야, 땅콩." 스캇은 이렇게 말하고 재빨리 방을 뛰쳐 나왔다. 마치 일 초가 지날 때마다 연방 요원들이 그의 집에, 그의 딸에게 더 가까워지고 있는 기분이었다. 스캇은 계단을 내려가 부엌으로 향했다. 어쩌면 아까 샌드위치를 만드는 동안 조리대에 놔두었을지도 모른다. 부엌에 발을 들여놓는 순간 스캇은 루이스와 세게 부딪혔다.

"스캇, 난 그 사업에 대해서 생각 중이었어." 루이스가 말을 꺼냈다.

스캇은 오른 손바닥을 루이스의 가슴에 얹고 말했다. "지금은 안 돼, 루이스. 난 당장 핸드폰을 찾아서 전화를 해야 한다고. 그들이 오기―"

"얼마 안 걸릴 거야." 루이스가 말을 이었다. "있잖아, 어떻게 하면 우리가 그 사업 계획을 종합적으로 정리해서 우리한테 보안을 맡기려는 사람한테 설명할 수 있을까? 내 생각엔 우리가 좀 더 빨리 시작해야 할 것 같아. 아니면 이 기회를 놓칠지도 몰라."

"그래, 알았어. 루이스, 근데 나 핸드폰을 찾아야 해. 좀 있으면—."

"알았어, 우리가 그 일을 못하게 될 수도 있겠지만, 그럴 순 없어. 그래서 내가 생각을 해봤는데, 그 친구한테 우리를 어필할 수 있는 마지막 프레젠테이션에 널 투입해야 할 것 같아. 그러니까 네 생각은—?"

그때, 현관에서 노크 소리가 들렸다. 침착하고 예의 바른, 그렇지만 끈질긴 노크였다.

"믿을 수가 없군." 스캇은 다음에 어떤 일이 일어날지 아주 잘 알고 있었다.

CHAPTER

12

—————————————— Ant-Man and the Wasp

"우 요원님의 깜짝 방문이네요." 스캇이 현관
문을 열면서 말했다. 그의 목소리에는 빈정거림
이 담겨있었다. 우 요원은 짧은 머리를 뒤로 빗
어 넘긴 채 검은색 양복을 입고 있었다. 그 연방
요원은 웃고 있지 않았지만 그렇다고 찡그리지
도 않았다. 그는 그저 뭐랄까… 아무런 표정이
없었다. 스캇은 그것이 어떤 의미인지 궁금했다.

"안녕하세요, 스캇." 우는 놀랍도록 친근한 목
소리로 말했다. "마침 이 근처에 있는데 당신한
테 문제가 생겼다고 연락이 왔네요." 그는 이렇
게 말하며 스캇의 발목에서 여전히 깜빡이고
있는 발찌를 가리켰다.

"이건 말이죠, 저기요. 난 아무것도 안 했어

요." 스캇이 강하게 주장했다. "난 그저 집 안에서 베개로 커다란 요새를 만들고 있었다고요, 그리고—"

"오, 캐시가 와있나요? 잠깐 들어가도 될까요?"

스캇은 한숨을 쉬고는 마지못해 우를 집으로 들였다. 현관 밖에는 적어도 두 명의 요원이 더 있었고, 우는 그들에게 자신이 집에 들어가 있을 동안 밖에 있으라고 명령했다. 스캇은 우가 들어오자 현관문을 닫았다.

"말했다시피, 난 아무것도 안 했어요." 스캇은 좌절감을 느꼈고 화도 났다. 무엇보다도 애초에 이런 상황을 만든 자기 자신에게 분노했다. "알죠? 그 신문 사건과는 완전히 달라요."

"진정하세요, 스캇. 전 당신을 믿습니다." 우의 목소리는 냉정하고 차분했다.

"잠깐만요… 날 믿는다고요?" 스캇은 자신에게 닥칠 불행을 초조하게 기다리며 의심스럽다는 듯이 물었다.

"그래요. 당신이 실제로 이 건물을 나갔다면 우리가 알 수 있었을 텐데, 당신은 아무 데도 가지 않았어요. 지금 내 눈앞에 있으니까요. 우리가 여기 왔을 때도 분명히 집 안에 있었겠죠. 발찌가 깜빡거리는 모습을 보니 아마도 사소한 오작동이 있는 것 같네요. 몇 분 안에 새 발찌를 가져올 겁니다."

스캇은 긴장했던 어깨에서 힘이 빠져나가는 걸 느끼며 안도의 한숨을 내쉬며 말했다. "고마워요."

"별 말씀을. 봤죠? 신문 사건과는 완전히 다르네요. 사실 본부

에 있는 사람들이 아직도 그 얘기를 하거든요." 우는 너털웃음을
터뜨리며 스캇의 등을 두드렸다.

"멋지네요." 스캇은 건성으로 대답했다.

"당신은 재미있는 사람이에요." 우가 대답을 하고는 아래층에
서서 주변을 둘러보았다. 하지만 스캇은 그가 그저 둘러보기만
하는 것이 아니란 걸 알 수 있었다. 그는 어떤 흔적을 찾고 있는
것이 틀림없었다. 대체 무엇의 흔적을 찾고 있는 것일까?

"우 요원님?" 캐시가 계단 맨 위에서 그를 불렀다.

"여, 캐시가 저기 있었네!" 우가 캐시를 가리키며 말했다. 캐시
는 계단을 내려와 스캇의 옆에 섰다.

"아빠를 데려가려는 건 아니죠?" 캐시는 얼굴을 찡그리고 우
요원을 노려보면서 물었다.

"아니, 절대 그런 게 아니야. 우린 아빠의 발찌에 문제가 생긴
것 같아서 그걸 해결하러 온 거란다. 하지만 일단 왔으니까, 한번
둘러볼까…"

"저 소리 들었어요?" 스캇이 물었다.

"아무것도 못 들었는데요." 우 요원이 대답했다.

"나도 못 들었어." 캐시가 덧붙였다.

"제 심장이 쪼그라드는 소리였어요." 스캇이 말했다.

우 요원이 키득대며 웃었다. "재미있었어요. 좋아요. 어쨌든 일
단 내가 여기 왔으니까 당신에게 뭘 좀 상기시켜주죠, 스캇. 당신
의 조건 말입니다." 그는 잠시 말을 멈추고 정정했다. "그러니까 우

리의 합의 조건에 대해서 말입니다."

"난 모든 조건을 전부 다 지키고 있어요. 하나도 빠짐없이요."

"오, 나도 압니다." 우가 방 안을 천천히 돌아다니면서 말했다. 여전히 무언가를 찾고 있는 것 같았다. "가끔은 이렇게 한 번씩 상기시켜주는 것이 도움이 된다는 걸 알았을 뿐이에요. 당신과 함께했던 예전 동료들과 어떤 방법으로든 접촉하면 안 된다는 부분 같은 거요. 전에 소코비아 합의 및 관련 법령을 위반했었다던가 아니면 지금도 위반하고 있다거나 하는 사람들과 말입니다."

"난 그 누구와 만난 적도, 소식을 들은 적도, 문자를 보내거나 채팅을 하거나 이야기를 한 적도 없어요." 스캇은 이렇게 말하면서 점점 더 혼란스러워지고 있었다.

'대체 어디서 뭘 들은 거지?' 그는 궁금했다.

"당신이 그랬다는 게 아닙니다. 그저 그렇게 한다면 꽤나 가혹한 처벌을 받을 거라는 걸 확실히 이해하길 바랄 뿐이에요. 정확히 말해서 20년 동안 말이죠." 우 요원의 목소리가 갑자기 심각해졌다.

20년. 이는 스캇이 호프나 행크와 어떤 식으로든 연락을 하고 그걸 우 요원이 알게 된다면 스캇은 다시 감옥에 보내져 20년 동안 복역해야 한다는 뜻이었다. 캐시가 자라는 것도 보지 못할 테고 딸과 함께할 인생을 20년이나 잃어버릴 수도 있었다. 스캇은 진정하려고 노력했다. 절대 그런 일이 생기게 할 수는 없었다.

현관문이 열리고 검은 정장 차림의 다른 요원이 작은 종이 상자를 들고 들어왔다. 요원은 상자를 우에게 건네주고는 곧바로 뒤돌아 밖으로 나가며 문을 닫았다.

"새 전자발찌입니다." 우 요원이 상자에서 플라스틱 물체를 꺼내며 말했다. "한번 보세요." 그는 무릎을 꿇고 앉아 버튼을 눌러 스캇의 발목에서 발찌를 벗긴 후에 다시 새로운 발찌를 채웠다. 다른 버튼을 누르자 발찌가 스캇의 발목에 맞추어 빡빡하게 조여졌다.

"아우." 스캇이 새된 소리를 냈다.

"미안해요. 너무 조이나요?"

"네, 조금요." 스캇이 발목을 문지르며 말했다.

"음, 좀 조여야 해요. 실수로 벗겨지거나 하면 안 되니까요." 우 요원이 일어서서 스캇을 보며 미소를 지었다. "우리가 다시 마음을 터놓을 기회가 생겨서 다행이에요. 잊지 마세요. 누구라도 당신에게 접근하거나 전화하거나, 집에 오거나 뭐가 됐든 우리에게 곧바로 알려야 합니다."

"알아들었어요. 요원님께 제일 먼저 알리죠. 아, 참. 그리고 우 요원님?"

연방 요원이 스캇을 바라보며 눈썹을 치켜 올렸다.

"뭔가… 특별히 찾는 거라도 있었던 거 아닌가요? 우리 집에 온 목적은 이뤘습니까?" 스캇이 비꼬는 듯이 물었다.

우 요원은 현관으로 가다가 몸을 돌려 스캇을 바라보고 웃으며 말했다. "뭔가 달라진 게 있는지 살펴봤어요. 당신이 한 얘기와 안 맞는 게 있나 해서요. 아무 문제도 없네요."

"와우, 그냥 거실을 둘러보는 것만으로도 알 수 있단 말인가
요?" 스캇이 장난스럽게 물었다.

"당신이 거짓말을 하면, 우린 그걸 알 수 있어요. 정말입니다."

"분명 그렇겠죠."

우 요원은 캐시를 바라보며 미소를 짓고는 스캇과 악수를 한
다음 밖으로 향했다. 스캇은 우 요원이 나가는 것을 확인하고는
현관문을 세게 닫았다.

"저 아저씨 좀 이상해." 캐시가 스캇을 바라보며 말했다.

"뭐, 공무원이잖아." 스캇이 대답했다.

13

—————————————————— Ant-Man and the Wasp

'무슨 짓을 한 거예요, 행크?'

우 요원이 사라지자 스캇의 머릿속에 이런 생각이 떠올랐다. 좀 전에 루이스가 말한 핌 테크놀로지에서 일했다던 사람들은 행크와 호프가 분명했다. 확실했다. 스캇은 알 수 있었다. 이는 지미 우가 그의 집에 온 사실만으로도 명백했다. 그가 전자발찌 때문이 아니라 스캇에게 확실히 경고하기 위해서 왔다는 것은 의심할 여지가 없었다. 행크 핌과 호프 반 다인에게 가까이 가지 마라. 루이스가 이야기한 타이밍과 우의 갑작스러운 방문은 우연이 너무나 겹치는 일이었다. 루이스가 밖에서 어떤 말을 들었던 간에 연방수사국도 그것을 알고 있는 게 분명했다.

'대체 행크는 뭘 하려는 거지?' 스캇은 그것을 알고 싶었다.

"아빠, 내 숙제 좀 도와줄 수 있어?"

스캇은 캐시의 목소리를 듣고 행크에 대한 생각을 멈추었다. "그럼, 물론이지. 숙제! 숙제해야 한다는 걸 생각도 못하고 있었네. 일찍 얘기하지 그랬니." 스캇은 이렇게 말하고는 다소 긴장하며 시계를 흘끗 보았다. 매기가 캐시를 데리러 왔을 때 숙제를 안 해놓은 걸 안다면 벌점이 하나 더 쌓일 것이었다.

"나도 잊어버렸어요, 지금 기억났지 뭐야." 캐시가 마치 완벽하게 논리적인 설명이라는 듯이 말했다.

스캇은 한숨을 쉬며 물었다. "그럼, 뭘 해야 되지? 땅콩아?" 하지만 지미 우의 방문과 관련된 생각들이 여전히 머릿속을 맴돌고 있었기 때문에 다른 데 집중하기가 힘들었다. '아마 루이스는 언제나 이렇겠지.'

"내가 커서 뭐가 되고 싶은지에 대해서 적어야 해." 캐시가 말했다.

스캇의 표정이 금세 밝아졌다. "꽤나 멋진 주제인거 같은데." 그는 딸을 보고 웃으며 말했다. "뭐가 되고 싶은지 생각해본 적 있니? 그러니까 세상은 엄청 크잖아. 네가 하고 싶은 건 뭐든 할 수 있으니까 말이야."

"아! 나 이미 알고 있어!" 캐시가 폴짝 뛰면서 말했다.

스캇은 그런 캐시를 보고 웃으며 물었다. "뭐가 되고 싶은데?"

"난 앤트맨이 되고 싶어!" 캐시는 열의에 가득 차서 대답했다.

"앤트맨? 왜 앤트맨이 되고 싶은 거야?" 스캇은 정말로 놀라서 물었다.

"왜냐하면, 아빠가 앤트맨이니까! 난 아빠를 사랑하고 아빠는 진짜 멋있고 최고잖아. 그래서 난 앤트맨이 되고 싶어." 캐시는 두서없이 말했다.

"그래, 그런데 앤트맨은 우리만의 비밀이니까 숙제에 쓰면 안 되잖아?" 스캇은 캐시의 눈을 바라보며 말했다.

캐시는 스캇을 보고 웃으며 말했다. "나도 알아. 몸이 작아지고 뭔가 한다는 건 정말 멋질 것 같아서 그래. 하지만 괜찮아. 커서 뭐가 되고 싶은지 또 생각한 게 있으니까."

"그게 뭔데?" 스캇이 캐시의 미끼를 물었다.

"난 아이스크림 가게를 하고 싶어!" 캐시가 소리쳤다. "아빠처럼!"

"네 아이스크림 가게를 운영하는 건 분명 멋질 거야." 스캇은 캐시가 어떻게 그렇게 빨리 그런 생각을 할 수 있었는지 놀라웠다.

"응!" 캐시가 소리쳤다. "왜냐하면 아이스크림은 세상에서 제일 맛있으니까, 아이스크림 가게에서 일하는 건 내 꿈이야!"

스캇은 아이에게는 아이스크림 가게에서 일하는 것이 꿈의 직업으로 보일 수도 있다는 사실에 웃음을 터뜨렸다.

"아이스크림 가게에서 일하는 건 모든 사람이 원하는 일이지." 루이스가 방으로 불쑥 들어오며 말했다.

"루이스, 너 어디 갔었던 거야? 우 요원이 나타나자마자 갑자기 사라졌잖아." 스캇이 물었다.

루이스는 잠깐 미소를 지으며 눈을 깜빡였다. "아, 난 그 친구 근처에 있으면 긴장되더라고. 뭔가 좀 이상하잖아. 무슨 말인지 알지?"

"난 무슨 말인지 알겠어요!" 캐시가 소리쳤고 둘은 다시 하이 파이브를 했다.

"정말 똑똑하단 말이야." 루이스가 캐시의 머리를 쓰다듬으며 말했다. "그나저나 스캇, 내가 그 친구 밑에서 일한다는 친구를 안다는 친구하고 얘기를 했는데, 너한테 알려줄 정보가 있어."

* * *

"캐시, 아빠는 전화 좀 하고 올게. 갔다 와서 같이 숙제하자. 아빠가 알고 있는 아이스크림의 비밀을 전부 말해줄게."

"오.오.오.오." 캐시는 배낭에서 숙제가 든 폴더를 꺼내러 달려가면서 외쳤다.

스캇은 조용히 전화를 하려고 부엌으로 향했다. 하지만 루이스는 그를 혼자 내버려둘 생각이 없었는지 부엌까지 따라와 식탁에 앉아 그를 바라보고 있었다.

"내가 그 사람한테 전화하는 동안 계속 거기 앉아있을 건 아니지?" 스캇이 물었다.

"아무 말도 안 하고 있을게. 네가 그 사람이랑 얘기할 때 옆에 있고 싶어서 그래. 너무 멋있거든." 루이스가 대답했다.

스캇은 한숨을 쉬며 전화번호를 눌렀다. 신호가 울리기 시작하고 누군가 전화를 받았다.

"나랑 통화하면 안 되는 거 아니야?" 수화기 너머의 목소리가 말했다. 스캇은 그가 조금 짜증이 난 것 같다고 생각했다.

"정확히 말하자면? 절대 안 되지. 그런데 부탁할 게 있어서 말이야. 알잖아, 내가 집 밖으로 못 나가는 거. 이메일도 못 쓴다고. 그리고―?"

"넌 내 이메일 주소도 모르잖아." 샘 윌슨이 말했다. 스캇은 아무 대답도 하지 못했다. "너 내 이메일 주소 모르지, 그렇지?"

"몰라, 그냥 이 번호밖에 몰라. 저기, 난 중요한 일 아니면 전화도 하면 안 된다는 거 너도 알잖아." 스캇은 자기 입장을 납득시키려고 애쓰며 말했다.

"나도 널 도와주고 싶어. 쬐깐 씨. 그런데 우리도 요즘 좀 바쁘거든."

"그냥 뭘 좀 확인해주면 돼. 이 분밖에 안 걸릴 거야. 어쩌면 일 분이면 될 수도 있어. 팔콘이 뭐랄까, 엄청난 컴퓨터 기술을 갖고 있다는 건 세상 사람들이 다 아니까."

"사람들이 알고 있다고?"

"그럼." 스캇은 말을 지어냈다. "온 동네에 소문이 다 났어."

"으흠." 샘은 믿기지 않는다는 투로 말했다. "뭔지 말해봐. 캡이 요새 뭔가를 준비하고 있긴 하지만 잠시 짬을 낼 수는 있을 거야. 정보를 주면 내가 뭘 할 수 있는지 알아보지."

"고마워, 정말 고마워." 스캇은 희망에 찬 목소리로 말하지 않으려고 노력했다.

"너무 큰 기대는 하지 마."

'너무 기대하는 티가 났구나.' 스캇이 생각했다. '이런 바보 같으니.'

"소니라는 남자가 있는데." 스캇이 말을 시작했다. "나쁜 놈이야, 장물아비지. 도난당한 물건들을 거래하는데, 엄청 첨단 기술 제품인가 봐. 그놈이 몇 주 전에 핌 테크놀로지에서 일했던 사람들과 접촉했다더라고. 그 소니라는 사람에 대해서 좀 더 알고 싶어."

수화기 너머에서는 아무 말도 없었다.

"듣고 있는 거야, 샘?"

"그 남자의 이름이 소니라고? 그게 전부야? 겨우 그것만 갖고 그 사람에 대해서 알아봐야 한다는 거야?"

"어벤져스잖아."

"전 어벤져스지." 샘이 스캇의 말을 정정했다. "알았어. 뭐가 나오는지 한번 알아볼게."

"고마워, 샘." 스캇이 전화를 끊으며 말했다.

"어떻게 됐어어어?" 루이스가 말을 길게 빼면서 물었다. "그 사람이 내 얘기는 안 물어봤어?"

CHAPTER

14

———————————————— Ant-Man and the Wasp

호프는 새로운 연구실에 적응하려고 여전히 노력 중이었다. 그곳은 행크의 집에 있던 그 전 연구실보다도 훨씬 컸다. 그건 분명했다. 그리고 장비들도 훨씬 좋은 것들이었다. 양자 터널 연구 역시 확실히 진전을 보이고 있었다. 호프가 방금 갖고 온 새로운 부품을 이용하면 그녀의 어머니를 찾는 일에 분명 한 걸음 더 다가갈 수 있을 것 같았다.

"여기 부품 갖고 왔어요." 호프가 작은 병을 행크에게 내밀었다.

"좋아." 행크는 작업대에서 눈을 떼지도 않은 채 대답했다. 그는 용접 마스크를 머리에 올리고 오른손에는 아세틸렌 토치를 들고 있었다.

"저기 있는 우리 친구 오돈토마쿠스에게 주려무나." 행크는 마스크를 내려서 얼굴을 가리고 토치에 불을 붙이며 말했다.

호프는 자신의 뒤에서 커다란 오돈토마쿠스 바우리, 즉 집게턱개미가 자신에게 걸어오는 것을 보았다. 다만 개미가 개미만 하지 않았다. 이 집게턱개미는 핌 입자를 이용해서 커다란 개 아니, 어쩌면 그보다 더 클지도 모를 정도로 커진 상태였다. 행크는 얼마 전부터 집게턱개미를 크게 만들어서 실험실에서 자신을 돕게 했다. 핀셋을 가져오는 등 도움이 필요할 때마다 집게턱개미를 이용했던 것이다. 호프는 아무 말 없이 약병을 집게턱개미에게 건넸다. 개미는 자신의 아래턱뼈를 벌려서 부드럽게 병을 받았다. 그러고는 완충재로 둘러싸인 상자에 조심스럽게 내려놓았다.

'대단한데.' 호프는 생각했다. '저 개미는 사람의 뼈도 물어서 부쉬버릴 수 있을 텐데, 지금은 마치 아기 다루듯이 최대한 조심스럽게 약병을 옮기고 있다니.'

그녀는 집게턱개미가 실험실을 천천히 움직이며 다니는 것을 지켜보았다. 그리고 다시 행크에게로 시선을 돌렸다. 행크는 새로운 부품들을 용접하느라 바빴다. 호프는 그가 작업을 다 끝내고 마스크를 벗을 때까지 기다렸다.

"소니는 우리가 뭔가를 연구하는 것을 알고 있어요. 그걸 빼앗으려고 할 거예요. 그자와 계속 거래를 하는 건 위험해요. 이제 그만하는 게 좋겠어요." 호프가 말했다.

행크는 아무 말도 하지 않았다. 허공을 응시하고 있는 것 같았다.

"아버지, 제 말 듣고 있어요?" 호프는 초조한 기색이었다.

"오래 걸리진 않을 거야. 거의 다 돼가고 있단다, 얘야. 지금껏 처음으로, 우리가 정말 진전을 보이고 있다는 느낌이 들어. 좀 더 빨리 끝냈어야 했지만… 내 생각엔 저 터널 끝에 빛이 보이는 것 같구나." 그는 말을 마치고 입을 위아래로 삐죽거렸다.

호프는 행크의 농담에 미소를 지었다. 하지만 그녀 역시 그렇게 느끼고 있었다. 그리고 한편으로는, 정말 한편으로는 이런 의문을 갖고 있었다. '그래, 우리가 정말 양자 터널을 작동시킬 수 있다고 하자. 그다음엔 뭐? 어떻게 엄마를 찾는다는 거지? 어디서부터 시작해야 할지도 모르는데?'

이런 의문이 들자, 그 빛은 아까보다 좀 더 멀어진 것 같았다.

"어떻게요?" 호프가 부드러운 말투로 물었다.

"뭘 어떻게?" 행크가 되물었다.

호프는 둘이서 만들고 있던 기초적인 터널의 제어판에 있는 조종 장치를 바라보았다. "어떻게요?" 그녀는 다시 물었다.

행크는 작업대에서 일어나 호프에게 걸어갔다. 그리고 딸의 어깨에 손을 올리고 이렇게 말했다. "나도 모르지. 네 엄마는 어디에든 있을 수 있어. 나도 양자 영역으로 들어가고 나가는 방법을 찾는 것이 그저 방정식의 일부를 푸는 것에 불과하다는 걸 알아. 하지만 이걸 해결하기 전에는 다른 건 생각조차 할 수 없을 거야."

"알아요." 호프는 목이 메는 것을 느꼈다. "하지만 여기까지 왔는데, 거의 다 왔는데… 우리가 양자 영역에 갔는데도 엄마를 못

찾으면 어떡하죠?"

"찾을 거야."

"아버지가 어떻게 알아요?" 호프가 되물었다.

하지만 행크는 아무 대답도 하지 않았다.

＊＊＊

호프와 행크는 소니 버치를 만나고 돌아온 이후부터 적어도 여섯 시간 이상 양자 터널에 대해 내내 연구하고 있었다. 두 사람 다 먹지도 쉬지도 않았다. 양자 영역에서 호프의 엄마를 어떻게 찾을 것인지에 대한 대화가 아니면 둘은 말도 섞지 않았다. 마치 말할 수 없는 두려움이 더 열심히, 더 빨리 연구를 끝내도록 그들을 밀어붙이는 것 같았다.

호프가 행크를 돌아봤을 때 그는 의자에 주저앉아 잠을 자고 있었다. 그녀는 그의 뒤에 있던 담요를 가져와 어깨에 둘러주곤 실험실 밖으로 나갔다.

실험실 밖의 공기는 차갑고 습했다. 하늘은 어두웠다. 주위를 둘러봤지만 아무것도, 아무도 없었다. 이번에는 해변 바로 근처에 실험실을 설치했다. 호프는 먼 바다를 바라보았다. 모래사장을 향해 밀려오는 파도가 보였다.

'휴대용 실험실의 진정한 장점이군.' 호프는 아이러니하다고 생각했다. '원한다면 언제든 해변에도 지을 수 있고. 물론 해변을 좋아한다면 말이지. 난 별로 안 좋아하는데.'

그녀는 해변을 따라 걸으면서 하늘을 올려다보았다. 그리고 그날 저녁, 식당에서 소니 버치를 만났던 일을 떠올렸다. 그녀는 소니의 거짓 미소, 그가 데리고 있던 얼간이들, 계산대 뒤에서 일에 매달린 여자, 또 비어있던 테이블을 떠올렸다. 그리고 마지막으로 수염에 수프를 죄다 흘리면서 먹고 있던 노인을 생각했다.

갑자기 두려운 생각이 호프를 엄습했다. '그 남자가 그냥 노인이 아니면 어쩌지? 만일 정부 요원이라면? 혹시나 계산대 뒤에 있던 여자가 정부 요원일지도 모르잖아?'

그녀와 행크의 비밀이 밝혀지고 체포되어 정부의 구금 아래 놓이기까지 시간이 얼마나 남아있을까? 또 그들의 기술이 경매에서 가장 높은 입찰자에게 팔리기까지는 얼마나 걸릴까? 만일 그런 일이 생긴다면, 양자 터널은 절대 완성될 수 없을 것이다. 그리고 지금 갖고 있는, 호프의 엄마를 구할 아주 희박한 가능성조차 완전히 사라져버릴 것이 분명했다.

호프는 스캇을 떠올렸다. 그녀는 여전히 스캇이 했던 일들 때문에 그의 얼굴을 한 대 치고 싶었다. 하지만 호프는 한편으로는 스캇이 지금 자신들과 함께 있었으면 하는 마음을 부정할 수 없었다. 그는 행크와는 다르게 그녀의 말을 들어주는 사람이었기 때문이다. 그리고 또… 왜냐하면….

'왜냐하면 그 덩치 큰 멍청이는 실제로 도움이 되니까.' 그녀는 생각했다. '그리고… 보고 싶으니까.'

CHAPTER

15

——————————————— **Ant-Man and the Wasp**

스캇은 루이스에게서 시선을 떼고 캐시를 바
라보았다. 캐시는 부엌을 서성이고 있었다.

"그가 지금 어쨌다고?" 스캇이 물었다.

루이스는 재빨리 끼어들었다. "오, 좋은 질문
이야. 무슨 말인지 알았어. 그러니까 네 친구 팔
콘, 그 인간새? 그 친구가 새였나? 아니면 일부
가 새인가?"

"팔콘은 기계로 된 날개를 달고 다니는 남자
야." 스캇이 딱 잘라 말했다. "그냥 사람이라고.
그냥 보통의, 평범한 사람."

캐시가 바닥을 내려다보면서 실망한 투로 말
했다. "팔콘 아저씨가 일부라도 새였으면 멋있었
을 텐데."

"내 말이." 루이스가 거들었다.

"숙제하자." 스캇은 손뼉을 치며 캐시에게 말했다. "좀 있으면 엄마가 데리러 올 거야. 우린 저 임무를 완수해야 해. 그래야 엄마가 왔을 때 갈 준비를 할 수 있으니까." '그리고 그래야 나한테 소리를 지르지 않을 테니까 말이야.' 스캇은 혼잣말로 중얼거렸다.

캐시는 아랫입술을 삐죽 내밀었다. "내가 숙제를 정말 빨리 끝내면 팔콘 아저씨 얘기 더 해줄 거예요?"

"그래, 약속할게. 하지만 너무 서두르면 안 돼. 그 숙제는 정말 중요한 거니까."

"좋아. 아이스크림 가게에 대해서 자세한 얘기 다 해줄게. 아이스크림을 팔려고 하는 거야?" 루이스가 덧붙였다.

스캇은 루이스를 바라보며 고개를 저었다.

* * *

샘 윌슨과 처음 만났을 때, 스캇은 여전히 앤트맨 훈련생이었다.

"훈련의 가장 마지막 단계는 스텔스 침투가 될 거야."

행크 핌의 목소리가 스캇의 귀에 크고 선명하게 들렸다. 행크의 목소리는 제트 엔진 옆에서도 잘 들렸다. 스캇은 뭐랄까, 사천

오백 미터? 어쩌면 더 높을지도 모를 고도의 비행기에 개미만 한 크기로 매달려 있었다. 거기에는 스캇은 물론 그를 따르는 비행 개미 3대대가 함께 있었다.

"얼어 죽겠어요!" 스캇이 컴링크에 대고 소리쳤다. "슈트에 기모로 된 내피라도 달아주면 안 돼요?"

스캇이 비행기 옆에 매달려서 목숨을 걸어야 했던 이유는 간단했다. 자신과 행크, 호프가 대런 크로스의 실험실에 몰래 들어가 옐로우 재킷 슈트를 훔치기 위해 필요한 장치를 가져와야 했기 때문이다. 그 장치는 크로스의 실험실이 있는 건물의 보안 장치를 무력화시킬 수 있는 것이었다.

까다로운 부분이 있다면 그 장치가 예전에 하워드 스타크가 소유했던, 뉴욕 북부에 있는 오래된 창고에 보관되어있다는 것이었다. 행크는 그 임무가… 어떻게 표현해야 할까, '식은 죽 먹기'일 거라고 생각했다. 버려진 시설에 들어가서, 장치를 들고, 밖으로 나온다. 아주 간단한 일이었다.

그리고 행크와 마찬가지로 바보였던 스캇은 그를 믿었다.

목표 지점의 상공에 다다르자, 스캇은 비행 개미들에게 비행을 명령했다. 그리고 앤토니라고 부르며 데리고 다니던 비행 개미의 등에 올라탔다.

"좋아, 앤토니. 이번엔 제발 날 떨어뜨리지 말아줘!" 스캇은 목숨을 부지하기 위해 앤토니를 부여잡고 애원했다. 앤토니는 스캇을 등에 태우고 다른 개미들과 함께 하늘로 날아올랐다.

개미들은 구름 사이를 뚫고 내려와 창고의 좌표로 향했다. 오직 스캇만이 자신의 눈앞에 펼쳐진 상황을 보고 뭔가 잘못됐다는 사실을 알아차렸다. 그 창고의 지붕, 그저 평범해 보이기만 하는 그 지붕에는 커다란 알파벳 A가 그려져있었다.

어벤져스를 뜻하는 A.

예전에 하워드 스타크의 창고였던 그 건물은 이제 토니 스타크의 슈퍼 히어로 팀이 사용하고 있었던 것이다.

정말 '식은 죽 먹기'가 아닐 수 없었다.

"스캇, 거기에서 나와!" 호프가 컴링크로 소리를 질렀다. 그녀와 행크는 개미에 장착된 소형 카메라로 집에서도 스캇에게 무슨 일이 일어나는지 모두 볼 수 있었다.

"중지! 당장 중지해!" 행크가 외쳤다.

"아니에요, 괜찮아요." 스캇이 앤토니의 등에 더 바짝 붙으면서 말했다. "아무도 없는 것 같아요. 앤토니, 지붕 위에 내려줘!"

잠시 후에 스캇은 앤토니의 등에서 뛰어내려 지붕 위에 착륙했다. 그는 뛰어다니며 주변을 살폈다.

"좋아요, 난 지금 목표 시설의 지붕 위에 있어요." 그가 컴링크에 대고 말했다. 스캇은 약간 숨이 막히긴 했지만 모든 것이 잘될 거라 생각했다.

"누군가 그 안에 있어, 스캇." 호프가 말했다.

없을 수도 있고.

스캇은 위를 올려다보았다. 팔콘이 그의 위에서 날아와 지붕 위에 내려앉는 모습이 보였다.

"거기 아래에서 무슨 일이야, 샘?" 팔콘의 손목 통신기에서 목소리가 들려왔다.

"경보가 울렸는데." 샘이 지붕 위를 둘러보며 말했다. "그런데 아무것도 안 보이네… 잠깐만…"

다시 행크가 컴링크로 소리를 질렀다. "중단해, 스캇! 중단하라고, 당장!"

"괜찮아요, 날 못 볼 거예요." 스캇이 대답했다. 그는 자신의 작은 크기에 자신이 있었고, 팔콘이 작아진 그를 알아차릴 방법은 절대 없을 거라 확신했다. 스캇은 그저 가만히 숨어있다가 어벤져스 멤버가 가기를 기다리면 될 거라 생각했다.

"볼 수 있어." 팔콘이 말했다.

"날 볼 수 있대요." 스캇이 중얼거렸다. 그는 잠시 팔콘을 바라보다가 그가 쓰고 있는 고글에 분명 뭔가 확대/축소해서 볼 수 있는 기능이 탑재되어있다는 것을 알아차렸다.

왼손에 있는 버튼을 누르자 스캇의 몸집이 갑자기 본래 크기로 커졌다. 그리고 헬멧 옆쪽의 버튼을 눌러 마스크를 없애 스캇은 자신의 얼굴을 드러냈다. "안녕하세요, 스캇이라고 합니다." 그가 밝은 목소리로 말했다.

팔콘은 놀란 기색도 흔들림도 없었다. "여기서 뭘 하고 있는 거지?" 그는 크기가 커진 스캇을 보고도 냉정한 목소리로 물었다.

스캇은 자신의 첫 번째 임무에서 누군가를 마주칠 줄은, 그것도 어벤져스를 만날 줄은 꿈에도 생각하지 못했다. 사실 스캇은 유명인들을 좋아했다. "우선, 진짜 팬이에요." 스캇이 말했다.

"고맙군. 근데 누구냐니까?" 팔콘이 그를 압박하며 물었다.

그 순간 스캇은 허리를 최대한 펴고 최대한 당당하게 서려고 했다. 그리고 목소리를 가다듬고 말했다. "앤트맨이라고 합니다."

그는 말을 뱉자마자 바로 후회했다.

"앤트맨?" 팔콘은 얼굴에 웃음을 숨기지 못하는 표정으로 되물었다.

"뭐야, 나에 대해서 못 들어봤어요?" 스캇이 말을 더듬었다. "그래요, 아직 못 들어봤겠죠."

"뭘 원하는지 말해봐."

스캇은 자기소개를 망쳤지만 그래도 계속해서 말했다. "기술적인 장치 하나만 좀 빌려 가려고요, 며칠만 쓰고 다시 돌려줄게요. 세계를 구해야 하거든요. 당신도 이 일이 어떤지 알잖아요." 스캇은 정말, 정말 팔콘이 이 일을 이해해주기를 바라면서 빠르게 말을 이었다.

"어떤지 아주 잘 알지." 팔콘은 이렇게 말하면서 단호한 걸음으로 스캇의 앞으로 다가갔다. 그는 오른팔을 들어 손목의 통신기를 눌렀다. "침입자 위치 파악. 체포해서 데려가겠다."

CHAPTER

16

——————————————— Ant-Man and the Wasp

"미안해요!" 스캇은 소리치며 오른쪽 장갑의 버튼을 눌렀다. 팔콘이 그를 잡으려는 순간 스캇은 작아져서 시야에서 사라졌다. 스캇은 마음이 좋지 않았다. 어쨌거나 결국 팔콘은 좋은 사람이었기 때문이다. 그리고 앤트맨 역시 좋은 사람 중 하나가 아닌가.

앤트맨도 좋은 사람이었다… 아닌가?

하지만 그런 생각을 하고 있을 시간이 없었다. 스캇은 지붕 위를 뛰어올라 팔콘의 턱을 겨냥했다. 스캇의 예상치 못한 공격에 팔콘은 비틀거리다가 자신의 날개로 날아올랐다. 팔콘의 날개 바람 때문에 스캇은 지붕에서 굴러 떨어졌다.

"지금 뭐하는 거야!" 행크가 컴링크로 소리쳤

다. 스캇은 그가 모두 보고 있다는 사실을 알고 있었다. 그리고 시간이 지날수록 점점 더 화를 내고 있을 게 분명했다.

다행히 스캇은 지붕에서 굴러 떨어지지 않고 바람을 타고 미끄러지듯이 착륙했다. 그는 땅에 내려오자마자 곧바로 전속력으로 질주했다. 그의 머리 위로 팔콘이 고글의 옆을 만지며 무언가 조절하는 것이 보였다. 고글을 통해 '앤트맨'의 일거수일투족을 볼 수 있을 것이 분명했다.

"침입자는 성인 남성으로 일종의 축소 기술을 갖고 있다." 스캇은 팔콘이 자신의 손목 통신기에 이렇게 말하는 것을 들었다.

'일종의 축소 기술이라.' 스캇이 생각했다. '뭐, 그렇게 말할 수도 있지.'

스캇이 뛰어가자 팔콘이 그를 향해 급히 내려왔다. 팔콘은 날개를 접고 땅에 내려섰다. 그리고 놀랍게도 그는 정말 스캇을 밟아버리려고 했다! 스캇은 자신을 짓누르려는 거대한 발을 피하기 위해 몸을 굴렀다. 그러고는 다시 일어나 팔콘에게 주먹을 두 번 날렸다. 앤트맨으로 줄어든 상태라고 해도 그의 펀치는 스캇의 실제 크기에서 나오는 세기와 같았고 그 힘이 모두 작은 한 곳에 집약되어있었다.

하지만 팔콘은 맞지 않았다. 그는 다시 날개를 펴고 뒤로 날아올랐다. 그러고는 양손에 무기를 들고 스캇이 있다고 생각하는 곳으로 발사했다.

하지만 스캇은 그곳에 없었다.

대신 스캇은 자신을 제거하기 위해 위협적으로 발사되고 있는 팔콘의 무기 위에 올라가 있었다. 그리고 목숨을 부지하기 위해 그 무기의 진동을 견디는 중이었다.

스캇은 다시 팔콘을 두 대 더 때려서 날개 달린 히어로를 무장 해제 시켰다.

스캇은 자신의 원래 크기로 돌아가서 다시 타격을 시도했다. 이번에는 팔콘도 공격에 대비하고 있었다. 그는 스캇을 붙잡아 주먹을 몇 번 날렸다.

스캇은 맞는 것을 별로 좋아하지 않았다.

"이제 그만해!" 팔콘이 소리쳤다. 그는 스캇을 붙잡아 두들겨 패면서 공중으로 날아올랐다. 하지만 그가 또다시 때리기 전에 스캇은 오른손의 버튼을 세게 눌렀다. 그러자 다시 줄어들어 팔콘의 눈앞에서 사라져버렸다.

팔콘은 잠시 멍하게 있었지만 곧 조그만 침입자가 어디에 있는지 주변을 둘러보았다. 바로 그때 스캇이 다시 커지면서 팔콘의 어깨에서 뛰어올랐다! 스캇은 두 다리로 팔콘의 목을 가위처럼 감쌌고 둘은 땅으로 떨어졌다. 팔콘은 한동안 자신의 날개를 조종하기 위해 애를 썼다. 그리고 어느 순간 두 남자는 땅에서 일어나 뒤로 물러섰다. 그들은 풀밭을 가로질렀고 팔콘은 스캇을 가격했다.

스캇은 장갑의 조종 장치를 다시 만졌다. 팔콘에게 맞는 데 지친 스캇은 오른쪽 버튼을 눌러 다시 작아졌고 그 바람에 팔콘은 균형을 잃고 바닥에 넘어지고 말았다.

'이러다가 아무 데도 못 가겠군.' 스캇은 생각했다. '팔콘이랑 하루 종일 싸울 수도 있겠어. 아니면 애초에 찾으려던 목표물만 찾아서 최대한 빨리 도망칠 수도 있지.'

스캇은 풀숲을 가로질러 목표 건물을 향해 뛰어갔다. 하지만 다시 크기를 키우자 그의 목덜미에 날카로운 타격이 느껴졌다. 그는 다시 땅에 넘어지면서 뒤에 있는 팔콘을 발견했다.

스캇은 결국 다시 크기를 줄이고 이번에는 지원을 요청했다. "앤토니, 나 좀 도와줘!" 스캇은 앤토니를 불렀다.

그가 지원 요청을 하자마자 비행 개미가 스캇의 옆에 날아들었다. 스캇은 달려가 앤토니의 등에 올라탔고 둘은 건물로 날아갔다.

드럼통마냥 물 샐 틈 없이 꽉 닫힌 것처럼 보이는 그 시설은 거대한 금속 문으로 잠겨있었다. 정상 크기의 도둑이라면 침입하는 것이 불가능했겠지만 앤트맨은 달랐다. 시설에는 환기를 위해 만들어놓은 구멍이 몇 개 있었다. 아주 작은 구멍이었지만 스캇과 그의 비행 개미에게는 거대한 동굴과도 같았다. 둘은 곧장 통풍구로 날아가 어두운 건물 안으로 들어갔다.

몇 초 후에 문이 열리고 팔콘이 스캇을 찾기 위해 안으로 들어왔다. 그리고 그의 뒤로 문이 닫혔다.

행크를 위해 그 장치를 손에 넣는 것은 쉬운 일이었다. 앤토니와 스캇은 말 그대로 그 건물 안에 들어가자마자 장치를 발견했기 때문이다. 하지만 팔콘을 해결하는 것은 어려운 일이었다. 스캇은 싸우기도 지쳤다. 또 그에게 붙잡히는 것도 두려웠다. 그러면 임무를 완수하지 못할 테니까. 그건 행크도 필요한 장치를 얻지 못할 것이고 대런 크로스가 자신의 계획을 실현시킬 수 있다는 것을 의미했다. 이는 스캇의 실패를 뜻하는 것이었다. 또다시.

그래서 빨리 도망가자고 나직이 외치는 앤토니의 말을 뒤로 하고 스캇은 곧바로 팔콘에게로 향했다. 그리고 여전히 작은 크기를 유지한 채 팔콘이 입고 있는 날개 사이의 갑옷으로 뛰어들었다. 팔콘의 제트팩에 뭔가를 하기 위해서였다.

제트팩 속은 어두웠지만 안에 연결되어있는 수많은 선들을 엉망으로 만들기에는 충분했다. 스캇은 그 선들이 정확히 어떤 기능을 하는지는 몰랐지만 선들을 최대한 잡아당긴다면 팔콘이 나는 데 문제가 생길 거라 생각했다.

그의 생각은 적중했다. 팔콘은 문제에 대응할 새도 없이 뒤로 넘겨졌고 날개를 제어하지 못한 채 빙글빙글 돌면서 건물의 금속문에 구멍을 만들고 말았다.

"놈이 내 제트팩 속에 있어!" 팔콘이 문을 뚫고 나오며 소리쳤다. 그는 작은 공격자를 털어내려고 갑옷을 잡고 있었지만 이미 너무 늦은 뒤였다.

"미안해요!" 스캇은 소리쳤다. 다시 마음이 좋지 않았다. "당신은 정말 좋은 사람 같아요!"

날개에 손상을 입은 팔콘은 땅에 떨어졌다. 그는 일어서면서 고글의 측면을 조절해서 시력을 확대했다. 주변을 살펴보았지만 앤트맨의 흔적은 어디서도 찾을 수 없었다.

아마도 바로 그 순간에 스캇은 팔콘의 등 뒤를 기어오르고 있었기 때문일 것이다. 그는 재빨리 앤토니에게 신호를 보냈고 앤토니는 들키지 않고 팔콘의 오른쪽으로 날아왔다. 스캇은 행크에게 가져갈 장치를 손에 들고 비행 개미의 등에 올라탔다. 그리고 아주 황당한 상태의, 아주 화가 난 어벤져스를 뒤로 하고 사라졌다.

스캇은 앤토니와 함께 날아가면서 팔콘이 자신의 통신기에 대고 이렇게 말하는 것을 똑똑히 들었다. "캡틴이 이번 일을 알아선 절대 안 돼."

17

———————————————— Ant-Man and the Wasp

"산책하기에 좋은 밤이죠. 안 그런가요?" 호프
의 뒤에서 목소리가 들렸다.

호프는 예상치 못한 목소리에 깜짝 놀라 말
그대로 펄쩍 뛸 뻔했다. 뒤를 돌아보자 한 남자
가 해변에서 그녀를 향해 다가오는 것이 보였다.
그는 약간 낡아 보이는 옷을 입고 챙이 넓은 커
다란 모자를 쓰고 있었다. 그리고 오른손에는
금속 탐지기를 들고 모래 위에서 앞뒤로 흔들고
있었다.

"네, 그렇네요." 호프는 대답했다. 거짓말이었
다. 그녀는 어릴 때부터 해변에 오는 것을 좋아
하지 않았다.

호프는 숨을 들이쉬며 진정하려고 노력했다.

소니 버치와 만나고 온 이후로 그녀는 불안한 상태라는 표현이 너무 완곡하게 들릴 정도로 예민해져 있었다.

"달이 뜨는 게 보이는군요. 그 옛말이 뭐였죠? '달은 밝고 선원은 비행한다?' 뭐 그런 말이었던 것 같은데요?" 남자는 친절하고 붙임성 있게 말하며 미소를 지었다.

호프는 웃음을 터뜨렸다. "전혀 모르겠어요. 전 그냥 '아침 하늘이 붉으면 선원들은 이를 경고로 받아들인다'라는 말밖에 몰라요."

남자가 웃었다. "어쨌든 모두 옛날 부인들의 이야기군요, 호프 씨. 이 밤에 웬일로 밖에 나왔나요?"

호프는 팔을 단단하게 꼬았다. 바람이 좀 차기도 했지만 그것이 그녀의 등골을 서늘하게 만든 유일한 이유는 아니었다.

그 남자가 그녀를 호프라고 부른 것이었다.

무언가 절망적으로 잘못되고 있었다.

"제 이름을 어떻게 알죠?" 호프가 남자에게 물었다. 그녀는 꼬고 있던 팔을 내리고 본능적으로 주먹을 꽉 쥐었다.

남자는 다시 웃으면서 말했다. 말투는 여전히 차분했고 당황하거나 다급한 기색도 없었다. "뭔가 잘못 들으신 것 같군요. 전 방금 그것이 옛날 부인들의 이야기라고 했을 뿐이에요. 그러니까 오해는 하지—."

남자가 더 말하기 전에 호프는 몸을 웅크려 오른쪽 다리를 옆으로 쓸면서 남자를 걷어찼다. 남자는 잠시 공중에 떴다가 등부터 모래에 떨어졌다. 호프는 재빨리 남자의 배에 왼발을 얹고 밟았다. 남자는 가쁜 숨을 몰아쉬었다. 그리고 숨을 헐떡이면서 모래 위에 무력하게 누워있었다.

"내 이름 어떻게 아냐고?" 호프는 힘주어 말했다. 그녀는 여전히 남자의 가슴에 발을 올리고 있었고 천천히 발을 그의 목 쪽으로 옮기고 있었다. 남자는 숨을 급히 들이마셨다.

"알았어, 알았어." 그는 여전히 숨을 헐떡이고 있었다. "나도 거기 있었어. 오늘, 식당에."

호프는 단번에 그를 알아보았다. 수염이 있던 노인이었다. 그럼 그렇지. 식당에서 뭔가 이상한 기분을 느꼈던 자신의 직감을 믿었어야 했다. 그리고 식당을 떠나기 전에 그 일을 해결했어야 했다. 이제 그가 행크와 호프의 거처를 알아냈으니 문제가 생길 수도 있었다. '허술해, 호프. 너무 허술했어.' 그녀는 자책하기 시작했다.

"어디 소속이지?"

남자는 침묵을 지키면서 시선을 피했다. 호프는 남자의 목을 발로 지그시 눌렀다. 그는 잠깐 경련을 일으키더니 항복한 듯이 두 팔을 거칠게 흔들었다. 호프는 발을 살짝 뗐다.

"뭐라고?"

"우린 당신을 찾고 있었어, 호프. 당신과 당신의 아버지. 그리고 당신들이 하고 있는 연구도. 나와 함께 일하는 사람들… 우리가 그 연구를 더 가치 있게 만들 수 있어. 더 이상 도망치지 않아도 돼." 남자는 겨우 말을 이어갔다.

"어떤, 사람들?" 호프가 한 단어씩 힘주어 말했다.

"당신 아버지의 오랜 친구들이라고 해두지."

"쉴드?"

남자는 고개를 저었다. "쉴드는 이제 더 이상 없어. 당신 아버지의 기억과는 다르게 말이야. 당신이 처한 어려움에 대해서 알고 있는 사람들이라고 할 수 있지. 그리고 그들은 당신들과 당국의 문제를 좀 더 쉽게 해결할 수 있는 사람들이야."

남자는 점점 목소리를 높여가며 계속해서 말을 했지만 호프의 귀에는 저 멀리 들려오는 파도 소리만큼이나 희미하게 들렸다. 그녀는 이 모든 상황이 너무 불안했다. 그리고 가장 그녀의 마음에 들지 않는 부분은 남자가 너무나 쉽고 빠르게 이런 정보들을 얘기한다는 것이었다. 분명 잘못되고 있는 다른 무언가가 더 있었다.

이유는 알 수 없었지만 호프는 갑자기 뛰어야겠다고 느꼈다.

호프가 남자의 얼굴을 발로 차서 기절시켰을 때 그는 여전히 이야기하고 있었다. 그리고 그녀는 해변을 가로질러 최대한 빨리 달렸다. 그녀의 시야의 가장자리에서 자동차 한 대가 헤드라이트를 켜고 움직이기 시작하는 것이 보였다.

호프는 더 빨리 달렸다.

18

Ant-Man and the Wasp

"떠나야 해요." 호프가 휴대용 실험실의 문을 열면서 말했다. 그녀는 문을 세게 닫고 들어왔다. "당장이요." 호프는 이 말을 강조하며 덧붙였다.

하지만 행크는 호프만큼 절박하지 않은 것 같았다. 그는 양자 터널이 만들어지는 것을 천천히 그러나 확실하게 통제하느라 바빴다. 호프는 그날 일찍 자신이 소니에게서 받아온 약병이 행크의 손에 들려있는 것을 보았다. 그는 약병의 뚜껑을 부드럽게 열었다. 그리고 핀셋으로 약병 안에 들어있는 작은 칩을 꺼냈다. 행크는 집중하는 듯이 회색 눈썹을 찡그렸다.

호프는 자신의 아버지를 믿을 수 없다는 듯

이 바라보며 다시 말했다. "아버지, 제 말 못 들었어요? 우리는 떠나야 한다고요. 지금 당장."

"처음에 말했을 때 알아들었다." 행크는 여전히 자신의 앞에 있는 일에 몰두하면서 입으로만 말했다. "난 지금 뭔가… 섬세한 일을 하는 중이라서 말이야."

호프는 행크가 핀셋으로 그 칩을 조심스럽게 집어서 제어판의 조종 장치에 넣는 모습을 참을성 없이 지켜보았다. 행크는 숨조차 쉬지 않는 것 같았다. 그는 모든 동작을 정확히 통제하고 있었다. 그리고 마침내 핀셋을 손에서 내려놓고 크고 깊은 한숨을 쉬었다.

"그래, 지금 떠나야 한다니 그게 무슨 말이냐?"

"해변에서 누군가 우리를 따라왔어요."

"우리를 따라왔다고? 누가?" 행크가 초조한 목소리로 물었다.

"그건 모르겠어요. 그 남자는 아버지가 쉴드에서 일한 것을 알고 있다고 했어요. 그들은 양자 터널 기술을 원하고 있어요. 양자 터널에 대해 알고 있다고요. 어떻게 알았는지는 모르겠지만, 알고 있어요."

강아지만 한 집게턱개미가 총총거리며 다가와서 행크의 손에 들려있던 빈 약병을 입에 물고 다시 걸어갔다.

"소니 버치를 만났을 때 그 식당에 두 명이 있었어요." 호프는 진정하려고 노력하면서 말을 꺼냈다. "한 명은 계산대 뒤에 있었고 한 명은 테이블에 앉아있었어요. 그들에게 뭔가 이상한 느낌이 든다고 생각했지만 확신할 수는 없었는데 지금 다시 생각해보니 그들이 요원이거나 첩보원이거나 뭐 그런 게 아니었나 싶어요. 절 감시하다가 거기까지 따라온 거죠." 호프는 좌절감을 느끼며 벽을 손으로 세게 쳤다. "그곳을 떠나기 전에 위험을 제거했어야 했는데, 죄송해요. 아버지." 호프는 분노에 차서 말했다.

잠시 침묵이 흘렀다. 이 침묵을 깬 것은 여전히 입에 약병을 물고 있던 집게턱개미가 입을 딱딱거리며 말하는 소리였다.

"아니, 그냥 케이스에 다시 넣어놔. 325야." 행크가 말했다. 사실 그는 개미와 소통하기 위해 직접 말할 필요가 없었다. 오른쪽 귀 위에 차고 있는 기구를 통해 말하지 않아도 전달할 수 있기 때문이었다. 호프는 행크가 실험실에서 오랜 시간 일하면서 외로움을 달래기 위해 저렇게 개미들에게 큰 소리로 말하는 것에 익숙해졌다고 생각했다.

행크는 죄책감에 휩싸인 딸의 얼굴을 바라보았다. "호프, 애야, 걱정하지 마. 다 괜찮을 거다." 행크의 목소리는 부드러웠다. "네 잘못이 아니야. 모든 걸 안전하게 보관할 수 있도록 전부 줄여서 갖고 나가자."

***

호프는 실험실 밖에서 차갑고 짠 내 나는 바람이 불어오는 것을 느꼈다. 그녀는 여전히 자신이 긴장했기 때문이기를 바라면서 주위를 둘러보았다. 좀 전에 보였던 정체 모를 차의 흔적은 보이지 않았다. 바다의 파도가 해변을 때리고 있었다.

"서둘러요." 호프는 아버지를 돌아보며 말했다.

"최대한 빨리 하고 있는 거야. 들 수 있는 사이즈로 줄이기 전에 모든 게 제자리에 있는지 확인해야 하잖아."

그리고 행크가 핌 입자를 실험실에 쏘자, 경이롭게도 건물이 줄어들기 시작했다. 겨우 몇 초가 지나자, 실험실은 원래 크기의 일부에 지나지 않을 정도로 작아져서 가지고 다닐 수 있는 크기의 큐브 모양이 되었다. 행크는 손잡이를 꺼내어 실험실을 들어올렸다.

"준비가 다 됐다."

그들은 해변을 뛰어갔다. 그리고 해변이 폐쇄됐다는 안내 표지판을 지나 한적한 주차장으로 들어갔다. 그들은 일부러 이곳을 골랐는데, 해변 청소를 위해서 폐쇄하는 지점이었기 때문이었다. 이는 염탐하는 눈이 적다는 것을 뜻했다. 그들의 밴은 황량한 주차장 한구석에 서 있었다.

"여기서부터는 우리가 맡도록 하죠, 행크 핌 박사." 어둠 속에서 목소리가 들려왔다.

호프와 행크는 곧바로 걸음을 멈추었다. "거기 누구야?" 행크가 물었다.

"누군지는 신경 쓸 것 없어요." 보이지 않는 목소리가 말했다. "그저 그 상자를 주기만 하면 됩니다."

호프가 그를 먼저 보았다. 남자는 어둠 속에서 모습을 드러냈다. 그는 호프가 때려눕혔던, 혹은 때려눕혔다고 생각했던 금속 탐지기를 들고 있던 남자였다. 하지만 그는 더 이상 금속 탐지기를 들고 있지 않았다. 대신 무기처럼 보이는 무언가를 들고 있었다. 총이라고 할 수도 있을 것 같았지만, 호프는 그런 종류의 총을 한 번도 본 적이 없었다.

"당신." 그는 무기를 호프에게 겨누며 말했다. "밴에서 떨어져서 저쪽으로 가."

"내 생각에는 저 사람 말대로 하는 것이 좋을 것 같구나." 행크는 호프의 귀에 대고 속삭였다. "지금은 말이야."

호프는 아무 말도 하지 않고 손을 들고는 밴에서 떨어진 곳으로 움직였다. 그녀는 갑작스러운 행동을 하지 않으려 노력하며 천천히 움직였다.

"이제 당신." 남자가 무기를 행크에게 겨누고 말했다. "그 박스 이리 내놔."

"알았어. 그냥 여기에 내려놓겠네." 행크는 상자를 바닥에 내려놓으면서 호프를 바라보았다. 그녀는 그 눈빛이 무엇을 뜻하는지 너무나 잘 알고 있었다. 어떤 일이 일어나든 대비하라는 의미였다.

행크가 휴대용 실험실을 땅에 내놓자마자 실험실이 실제 사이즈로 커지기 시작했다. 무기를 들고 있던 남자는 이를 예상하지 못한 것이 분명했다. 그는 놀라서 뒤로 펄쩍 뛰었다.

바로 그 순간, 호프가 앞으로 달려가 남자의 다리를 덮쳤고 행크는 그를 뒤에서 때리기 시작했다. 무기는 남자의 손에서 날아가 삼 미터 정도 떨어진 곳에 떨어졌다. 그러자 무기에서 밤하늘로 광선이 발사됐다.

"난 정말 해변이 싫어." 호프가 투덜거렸다.

"네가 찾던 남자의 이름은 소니 버치야." 샘 윌슨의 안정적이고 확신에 찬 목소리가 수화기 너머로 들려왔다.

"어떤 사람이지? 그에 대해서 알아낸 게 있어?" 스캇이 물었다. 그는 다른 사람이 듣지 못하게 부엌에서 전화기를 귀에 바짝 붙인 채 낮은 목소리로 말했다. 다른 방에서는 캐시가 숙제하느라 바빴고 루이스가 이를 감독하고 있었다. 스캇은 캐시가 혼자 힘으로 숙제를 끝내리라는 것을 알고 있었다. 캐시는 매우 훌륭한 학생이니까. 하지만 동시에 캐시가 노는 것을 좋아한다는 것도 알고 있었다. 그래서 캐시가 숙제에 집중할 수 있도록 루이스가 옆에서 돕고 있었다.

"정말 믿을 수 없을 정도의 전과 기록을 갖고 있더군. 전에는 히드라와도 거래한 적이 있어. 그들에게 장물을 구해서 줬더라고. 아주 나쁜 사람이야. 혹시나 그와 엮인 사람을 알고 있다면 당장 손 떼라고 하는 게 좋을 거야."

"그래, 무슨 말인지 알겠어." 스캇은 뚱하게 대답했다.

"아, 또 한 가지가 더 있어. 소니 버치는 대단한 인물이기도 하지만 현상수배범이기도 해. 연방정부에서 그를 엄청 잡고 싶어 하는 것 같아. 계속 찾아다니더라고. 그래서 네가 아는 사람이라고 했나? 그 사람들은 아마 완전히 곤경에 처하게 될 거야."

"그래, 무슨 말인지 알겠어." 스캇은 반복해서 말했다. "이봐, 샘. 알아봐줘서 고마워. 한 건 빚졌네."

"한 스무 번은 빚을 진 것 같은데. 나오면 연락해. 죄깐 씨."

스캇은 샘에게 작별 인사를 하고 전화를 끊었다.

그래, 그거였다. 호프와 행크가 무슨 일을 하는 중인지는 모르지만, 그들은 소니 버치와 자신들이 무엇을 하는지 정확히 알고 있는 연방 요원 사이에 끼어든 것이었다. 그리고 그들이 무엇을 연구하고 있건 간에 좋은 사람들과 나쁜 사람들 모두가 각각의 목적을 위해 그 연구를 차지하려고 할 것은 불 보듯이 뻔한 일이었다.

이런 경우에는 좋은 사람과 나쁜 사람을 구별하는 것이 어려울 수도 있었다.

스캇은 부엌에서 고개를 내밀었다. 루이스는 바닥에 누워서 웃고 있었다. 캐시는 어디로 갔는지 보이지 않았다.

"캐시?" 스캇이 소리쳤다. "루이스, 캐시는 어디 있어? 넌 캐시의 숙제를 도와주기로 했잖아." 그는 다시 부엌의 식탁을 돌아보았다. 캐시는 숙제를 거의 끝내기는 했지만 완전히 다 한 것은 아니었다.

"그래, 알아. 그런데 캐시가 머리를 비우려면 좀 쉬어야 한다고 했어. 그리고 숨바꼭질을 하자는 끝내주는 아이디어를 생각해냈지 뭐야." 루이스는 바닥에 누워서 말했다.

"그럼 넌 왜 바닥에 누워 있는 거야?"

"캐시가 이 게임을 아주 재미있게 변형시켰거든. 어떻게 바꿨냐면, 술래가 되는 사람은 눈을 감고 백까지 세야 하는데 다른 사람이 숨는 동안 백까지 세면서 원을 그리면서 도는 거야." 루이스가 빠르게 말했다.

"좋아, 한번 보자. 그럼 넌 어지러워서 넘어졌겠구나."

"맞아. 어지러워서 바닥에 넘어졌어." 루이스가 스캇의 말을 확인했다. "정말 재미있는 게임이야."

***

스캇은 캐시와 루이스가 숨바꼭질을 하는 동안 위층으로 향했다. 그는 캐시를 다시 식탁으로 데려와서 숙제를 끝내도록 해야 했다. 그것이 좋은 아빠가 할 일이었다. 하지만 그 순간 그의 머릿속은 샘에게 얻은 정보와 그 정보의 의미에 대한 생각으로 가득 차 있었다. 그는 정말 멍청한 결정을 내리기 일보직전이었다. 그리고 언제나처럼 정말 멍청한 결정을 내릴 때면 혼자 있는 동안 일을 저지르기를 원했다. 그래야 아무도 자신을 말릴 수 없을 테니까.

스캇은 제대로 주변을 살필 수가 없었다. 호프와 행크에게 일어나고 있는 일들은 정말 자신의 잘못 때문이었다. 그가 캡틴 아메리카를 돕겠다고 나서지 않았다면, 그리고 공항에서 거대한 모습으로 변하지만 않았다면, 그가 행크 핌의 줄어드는 기술에 그렇게 매료되지만 않았더라면, 어쩌면 호프와 행크는 지금 같은 상황에 처하지 않았을 것이었다.

그래서 그는 친구가 이런 문제에 처했다면 적어도 자신이 그들을 위기에서 구해내야 한다고 생각했다. 아마 스캇 랭은 할 수 없을지도 모른다.

하지만 앤트맨은 할 수 있었다.

'넌 정말 멍청한 생각을 하고 있는 거야.' 스캇은 계단을 올라가며 혼잣말을 했다. '이 일을 하면 모든 것을 위기에 빠뜨릴 거야. 네 딸과의 관계에도 문제가 생길 거야. 정말 이 일을 한다면, 멍청아, 아주, 아주 오랫동안 캐시를 보지 못할지도 모른다고.'

그는 계단을 모두 올라가서 자신의 방문을 열었다. 그리고 침대에 걸터앉아서 옆에 있는 선반에 손을 뻗었다. 그곳에는 그가 찾던 바로 그것이 있었다. 세상에서 가장 멋진 할머니라고 새겨져 있는 트로피. 캐시에게서 받은 선물이었다. 캐시는 세상에서 제일 멋진 아빠가 새겨진 트로피가 품절이라서 대신 가장 멋진 할머니 트로피를 선물로 주었던 것이다.

완벽한 선물이었다. 그들의 공통된 유머 감각을 나타내는 것이기도 했다. 둘은 트로피를 보면서 미친 듯이 웃었으니까.

하지만 스캇이 지금 그 트로피를 찾은 이유는 따로 있었다. 그는 트로피를 집어 들고 트로피의 밑단을 돌려서 분리하기 시작했다. 그러자 밑단이 열리고 그 안에 앤트맨 슈트가 보였다. 앤트맨 슈트를 작게 만든 다음 그 속에 넣어놓았었다.

그는 심호흡을 했다. '정말 준비됐어?' 스캇은 생각했다. '정말 준비가 됐다면 넌 그저―'

"아빠! 거기서 뭐하고 있어?"

스캇은 너무 놀란 나머지 침대에서 떨어져 마룻바닥에 큰 소리를 내며 머리를 박았다. 분리된 트로피도 그의 옆에 떨어졌다.

"아얏!"

"루이스 아저씨한테 나 여기 있다고 말하지 마!" 스캇은 고개를 왼쪽으로 돌려 침대 밑을 보았다. 캐시는 그곳에 숨어있었다. 그리고 얼굴에 커다란 미소를 띤 채 손가락을 입에 대고 있었다.

"숨바꼭질 하는 중이었지, 그래." 스캇은 천천히 일어서서 뒤통수를 어루만지며 말했다. 그리고 캐시가 보고 묻기 전에 얼른 트로피를 치웠다. "그래, 걱정 마. 땅콩아. 절대 말 안 할게."

'그리고 앤트맨 슈트도 못 입겠구나.' 스캇은 생각했다. '어떻게 그럴 생각을 할 수 있었던 거지?' 집을 떠났다면 그는 캐시를 잃을 수도 있었다. 설령 전자발찌를 비활성화하거나 속이는 방법을 알아냈다고 하더라도 여전히 위험은 너무 컸다.

스캇은 일어나서 트로피의 밑단을 다시 돌려서 끼운 다음 조심스럽게 선반에 올려놓았다. 호프와 행크를 도울 다른 방법을 찾아야 했다.

CHAPTER
20

_____ **Ant-Man and the Wasp**

스캇은 아이디어가 떠올랐다.

핸드폰을 찾으려고 손을 뻗었지만 그곳에 없었다. 샘과 통화한 후에 부엌에 놔두고 온 것이 분명했다. 그는 방에서 급하게 뛰어나와 계단을 뛰어 내려갔다. 한 번에 두 계단씩 뛰어가는 바람에 루이스가 있는 것을 보지도 못해서 거의 부딪힐 뻔했다.

"후아! 친구!" 루이스는 스캇이 자신에게 부딪힐 뻔한 것을 보고 기분이 상한 듯이 말했다. "우리 둘 다 큰일 날 뻔했어. 난 지금 숨바꼭질을 하고 있는 중이잖아."

"미안해." 스캇은 맨 마지막 계단을 밟으며 말했다. 그리고 부엌으로 향하기 위해 몸을 틀었는데 바로 그 순간 현관에서 노크 소리가 들렸다.

'제발 좀!' 스캇이 생각했다.

스캇은 현관으로 몇 걸음 뛰어가 문을 열었다. 매기였다.

"안녕, 스캇. 캐시는 갈 준비됐어?" 매기가 말했다.

"매기!" 스캇이 말했다. "캐시. 그래. 내 말은 아직 안 됐어. 아직 갈 준비를 덜 했단 거지. 루이스랑 숨바꼭질하는 중이거든. 잠깐 들어와."

매기는 집 안으로 들어와 주변을 둘러보았다. 배개로 요새를 만들었던 흔적이 역력했다. 캐시의 숙제 폴더와 그 안의 종이들도 바닥에 흩어져 있었다. 매기는 천천히 고개를 끄덕였다. "바쁘게 보냈나 봐?"

"오, 그럼. 아, 저건 말이야, 우리가 게임을 하고 있어서 그래. 물론 숙제도 했어. 숙제가 엄청 많더라고. 그래서 많이 바빴지. 아직 조금 남긴 했지만."

"그래, 알았어. 스캇. 숙제는 나중에도 할 수 있으니까 캐시가 오면 재미있게 놀아줘. 둘이 즐겁게 시간을 보냈다니 다행이야." 매기가 웃으면서 말을 이었다. "캐시는 당신을 정말 사랑해. 여기 오는 건 캐시에게 너무나 중요한 일이거든. 당신도 알고 있을 거라 생각해, 스캇."

스캇은 부끄러움에 볼이 달아오르는 것을 느꼈다. 스캇에게도 캐시의 방문은 세상의 전부와도 같았다. 그리고 캐시가 자신이 커서 무엇을 하고 싶은지 아빠에게 알려주고 싶어서 일부러 이곳에서 숙제하려고 기다렸다는 사실을 생각하자 부끄러워졌다. 비록 아주 잠깐이었지만 그는 둘 사이를 망칠 수 있는 일을 하려고 생각했던 것이다.

"그래, 나한테도 세상에서 가장 중요한 일이야." 스캇은 계단을 올라가며 캐시를 불렀다.

***

"꽉 안아줘, 아빠." 캐시가 스캇에게 안기면서 말했다. 캐시는 팔을 스캇의 목에 감으면서 꽉 안았고 스캇 역시 캐시를 꼭 안아주었다.

"놀러 와줘서 고마워. 땅콩아. 다음 주말에 보자, 알겠지? 숙제를 어떻게 마무리했는지 알려줘야 해."

"약속할게." 캐시가 숙제 폴더를 흔들고는 엄마를 보며 말했다. "아빠가 아이스크림 가게에서 일했던 얘기해줬어. 진짜 멋있었어."

"당연히 그랬겠지." 매기가 매섭지 않게 눈을 흘기면서 스캇에게 윙크했다. "주중에 얘기해." 매기는 캐시를 현관문 밖으로 내보내면서 말했다. "문제 될 일은 하지 마."

"차까지 바래다주고 싶지만 난리가 날 것 같아." 스캇은 발목의 전자발찌를 가리키며 말했다. 매기는 한숨을 쉬며 캐시와 차로 향했다. 스캇은 그들이 차를 타고 떠나는 모습을 바라보며 현관에 서서 손을 흔들었다.

매기의 차가 시야에서 사라지자마자 스캇은 부엌으로 달려가 핸드폰을 집어 들었다. 그리고 단축번호를 눌러 신호가 울리는 것을 초조하게 듣고 있었다.

"우 요원님?" 통화가 연결되자 스캇이 말했다.

"스캇 랭 씨. 하루에 세 번이라니요. 이 영광을 다 어쩌죠? 제가 알아야 할 일이라도 있나요?"

"네, 그게 말이죠. 그게 요원님이 알아야 할 일인지는 확실하지 않지만, 친구 하나가 저한테 이 분야에서 일하는 어떤 남자에 대해서 말해줬는데, 그 사람이 핌 테크놀로지에서 나온 어떤 물질을 쫓고 있는 것 같다는군요."

스캇은 '핌 테크놀로지'라는 단어가 우 요원의 귀에 꽂히는 소리를 실제로 들은 것 같았다.

"듣고 있습니다."

"그 남자의 이름이 소니 버치라는데, 혹시 뭔가 아는 게 있나요?"

잠시 핸드폰에서 침묵이 흘렀다. 그리고 스캇은 뭔가 웅얼거리는 소리를 들었다. 우가 마이크 쪽을 손으로 막고 누군가와 의논하는 것 같았다. 잠시 후, 웅얼거리는 소리가 사라지고 우의 목소리가 다시 또렷하게 들려왔다. "그는, 음, 우리도 알고 있는 인물입니다. 혹시 그가 무엇을 하려는지 알고 있나요?"

스캇은 소니가 원하는 것이 무엇인지 정확히 알지는 못했지만, 만일 행크와 호프가 연관되어 있다면 그것이 어떤 일일지 잘 알고 있었다. "글쎄요, 정확히는 모르겠어요." 스캇은 짐짓 모른 척을 했다. "전 그저 핌 테크놀로지라는 단어만 듣고 당신에게 전화해야겠다고 생각했어요. 말썽을 일으키고 싶지 않다고 했잖아요, 기억나죠?"

"물론 그렇겠죠. 바로 전화한 건 정말 잘한 겁니다. 그나저나 이 정보는 어떻게 얻은 건가요? 핌 테크놀로지와 관련된 사람들과 연락하면 안 된다는 걸 굳이 다시 말해줄 필요는 없겠죠? 그렇게 하는 건—."

"우리 합의를 어기는 거라고요?" 스캇은 언짢은 것처럼 들리지 않게 말하려 했지만 실패하고 말았다. "저기요, 난 핌 테크놀로지와 관계된 사람들 누구와도 얘기한 적이 없어요. 이미 말했잖아요. 내 친구한테 들은 거라고요. 우리가 시작하려고 했던 보안 회사를 통해서 알게 된 얘기에요."

"그렇죠, 당신이 만들려는 보안 회사요." 우가 차분하게 대답했다. "아무튼 정보는 고마워요, 스캇. 그 소니 버치에 대해서 조사해볼게요."

"고마워요. 그렇게 해주면 감사하겠어요."

"별 말씀을요. 그리고 스캇?"

"네?"

"이 건에 대해서 솔직하게 알려줘서 고마워요. 정말 잘하고 있는 겁니다. 우리도 당신을 열심히 지원할게요."

스캇은 이 상황을 믿을 수가 없었다. 누군가가 자신을 지원해 주겠다는 말을 믿지 못하는 것이 아니라 그가 잘하고 있다는 사실을, 또 누군가 그것을 알아주고 있다는 상황을 믿기 힘들었던 것이다.

어른이 된 이후로 스캇은 실패한 삶을 살아왔다고 생각했다. 감옥에 가게 되어 캐시를 잃어버리고 딸의 곁에 있어줄 수 없었다. 자신의 의도와는 다르게 캐시에게 좋은 아버지가 되지 못했고 아내에게 좋은 남편이 되지 못해서 결혼생활에도 실패했다. 스캇은 이 모든 것들 때문에 실패한 삶을 산 것 같았다.

스캇은 이제야 비로소 자신의 삶의 조각들을 집어 들어서 하나씩 맞춰가는 느낌이었다.

그저 이 기회를 망치는 일이 일어나지 않길 바랄 뿐이었다.

21

————————————————— Ant-Man and the Wasp

"피곤하지 않니?" 행크가 하품하며 물었다. 그는 흰색 밴 조수석에 앉아 차가운 창문에 기대어 있었다. 밖은 어두웠다. 하늘에는 구름이 보였고 달의 노란 빛이 때때로 구름 사이를 비추었다.

호프는 아버지가 피곤에 지쳐 잠든 동안 계속해서 운전했다. 그들은 이미 몇 시간째 달리고 있었다. 두 사람 모두 편집증에 사로잡혀 누군가가 쫓아올지도 모른다는 두려움에 떨고 있었다. 특히 해변에서의 사건 이후로는 더 심했다. 그래서 호프는 계속해서 차를 몰았다. 존재하는지조차 알지 못했던 도로를 달렸고 때로는 갔던 길을 다시 가기도 하면서 계속해서 앞으로 나아가고 있었다.

"딱히요." 호프는 씩씩한 척을 했지만 거짓말이었다. 사실은 피곤에 절어있었다. 해변 사건 이후 그녀의 몸을 관통했던 아드레날린은 이제 다 소진되었고 지금은 사지가 무겁게만 느껴졌다. 눈꺼풀은 점점 밑으로 내려오고 있었고, 잠시라도 눈을 감고 쉬고 싶다는 생각뿐이었다. 하지만 호프는 아버지가 양자 터널을 연구하는 데 너무나 열심히 매진했기 때문에 쉬어야 한다는 것을 알고 있었다.

"그 사람들이 누구라고 생각해요?" 호프가 물었다.

"누구라도 될 수 있지. 소니 버치가 보냈을 수도 있고. 크로스가 사라지기 전에 접촉했던 사람들일 수도 있겠지. 쉴드의 잔당, 어쩌면 히드라일 수도 있어. CIA나 FBI일 수도 있고."

"그러니까, 결국 누구든지 가능하다는 얘기군요." 호프가 좀 더 명확히 말했다. "우린 완전 망했어요."

"그래." 행크가 고개를 끄덕이며 말했다. "우리는 망할 수 있는 만큼 완전히 망한 것 같구나."

호프는 지금 말하려는 주제에 대해서 꽤나 오래 생각해왔다. 그리고 이 말을 꺼내야 할지 여전히 고민이었다. 그녀는 자신의 아버지가 그 아이디어를 싫어할 걸 알고 있었고 그녀 자신조차 마음에 들지 않았다. 하지만 이제는 이에 대해 의논해야 한다고 생각했다.

"스캇." 호프가 말했다. 그녀는 간신히 그 단어를 뱉고 나서 어떻게 들리는지 듣고 있었다. 그 이름은 밴의 좁은 공간에서 크고 선명하게 들렸다. 행크는 아무런 대답이 없었다. 그래서 호프는 다시 말했다. 이번에는 조금 더 쉽게 나왔다. "—스캇?"

하지만 그녀의 입에서 다른 단어가 나오기 전, 아니 숨을 다시 들이쉬기도 전에 행크가 그녀의 말을 막았다. "그만."

행크의 말을 듣자 호프는 혈압이 올라가는 것만 같았다.

"스캇에 대해서 어떤 말도 하지 마라. 그는 이 모든 사태의 원인이야. 그가 모든 것을 망쳤다. 난 그 녀석의 도움을 바라지도 않고 필요도 없어."

"저 역시 좋아서 하는 얘기는 아니에요." 호프는 아버지의 말에 동의하며 말했다. "하지만 우린 어떤 도움이든 필요해요. 계속 이렇게 지낼 수는 없잖아요. 점점 더 궁지로 몰리고 있다고요. 계속해서 이 상태로 지내다보면 언젠가는 실수하게 될 거고 실수하면 어떤 일이 일어날지 봤잖아요."

호프는 눈앞에 펼쳐진 어둡고 외로운 고속도로를 바라보며 계속해서 차를 몰았다.

"안 된다." 행크는 단호했다. "스캇 랭은 안 돼. 우린 우리 힘으로, 우리 방식으로 해낼 거다. 적도에 눈이 내리기 전까지 그 녀석의 도움을 구할 일은 없을 거야."

'아버지가 알아채기도 전에 적도가 얼어붙을지도 몰라요.' 호프는 생각했다.

＊＊＊

　호프는 스캇을 소개받지도 않은 상태에서 처음 마주쳤었다. 사실 그때는 스캇을 만났다고 할 수도 없었다. 스캇이 앤트맨 슈트를 다시 갖다놓으려고 행크의 집을 '두 번째' 침입했을 때 그를 본 호프가 경찰을 불렀기 때문이었다.

　그다음에 그녀가 스캇을 만났을 때, 정말로 만났을 때에도 행크의 집에서였다. 행크가 스캇이 감옥에서 나오는 것을 도와준 직후였다.

　"안녕하세요, 누구시죠?" 스캇이 침대에 앉은 채로 물었다. 지치고 혼란스러워 보였다. 놀란 표정은 아니었다. 그는 행크가 몰래 건네준 앤트맨 슈트를 입고 감옥을 빠져나와 비행 개미를 타고 사라졌다. 하지만 감옥에서 행크의 집으로 오는 동안 스캇은 하늘을 날면서 흔들리는 개미 특유의 비행 리듬과 고도에 적응하지 못하고 정신을 잃었다. 그래서 낯선 집의 낯선 침대에서 깨어나 자신의 옆에서 내려다보는 낯선 사람을 보았을 때 다소 긴장했던 것이다.

　"제가 자는 걸 거기서 계속 보고 있었나요?" 그가 물었다.

　호프는 아무 말도 하지 않았다. 그녀는 침대 발쪽에 서서 핸드폰으로 장문의 문자를 보내고 있었다. 한참 후 문자를 다 보낸 후에 마침내 이렇게 말했다.

"그래요."

"왜죠?"

호프가 그를 계속 지켜봤던 이유는 꽤나 당연하다고 할 수 있었다. "지난번에 봤을 때 당신은 뭔가를 훔치고 있었으니까요."

"저기, 이봐요." 스캇이 침대에서 나오려 하며 말했다. 하지만 침대에서 발을 내려 바닥을 딛으려 하다가 바닥이 개미로 덮여 있는 것을 보고 소리를 질렀다. "으아!"

"파라포네라 클라바타예요. 거대한 열대 총알개미죠. 슈미트 고통지수 상위를 차지하고 있는 개미예요. 내가 감시하지 못할 때는 이 개미들이 당신을 감시하고 있었어요." 호프는 이렇게 말하고 바닥을 돌아다니는 개미들에게 고개를 까딱했다. "행크 핌 박사님이 아래층에서 기다리고 계세요." 그녀는 말을 마치자마자 뒤돌아 방을 나갔다.

계단을 내려오는 호프의 뒤로 스캇의 말이 들려왔다.

"누구요? 저기, 잠깐만요! 이건 누구 파자마예요?"

호프는 행크가 저런 멍청이를 데려왔다는 것을 믿을 수 없었다.

아래층으로 내려오자 그녀의 아버지가 식당에 앉아 신문을 읽고 있었다. 그는 호프가 들어왔는데도 고개조차 들지 않았다. 호프는 스캇 랭을 시켜 대런 크로스의 옐로우 재킷을 훔친다는 생각 자체가 끔찍한 아이디어라 생각했다. 그녀는 아버지에게 이런 생각을 충분히 얘기했다.

"제가 크로스 모르게 전체 서버를 내릴 수 있다니까요. 우린 이 남자가 어떤 사람인지 모르잖아요." 호프가 말했다.

바로 그때 스캇이 식당으로 들어섰다.

"내 딸 호프는 이미 만난 것 같군." 행크가 여전히 신문을 읽으며 말했다. 그는 신문에 반으로 접은 다음 테이블에 내려놓았다.

"네, 그랬죠. 멋진 분이에요." 스캇이 말했다.

호프는 그가 진심이 아니라는 것을 알고 있었다. 하지만 그가 그 말을 하는 방식이 이상하게도 매력적이라는 생각이 들었다.

"내 딸은 우리에게 자네가 필요 없다고 생각하네." 행크가 말했다.

"필요 없어요. 우리끼리 할 수 있다고요." 호프가 항의했다.

"난 자네가 내 슈트를 훔치게 하려고 온갖 노력을 다했는데, 호프가 자넬 경찰에 신고했던 거야." 행크가 말했다.

"알았어요. 시도해볼 수는 있겠죠. 그리고 저 사람이 실패하면 그때는 제가 직접 하겠어요." 호프가 말했다.

＊＊＊

호프가 자신이 잠시 스캇과의 첫 만남을 생각하고 있었다는 사실을 깨닫는 동안에도 밖은 여전히 어두웠다. 그녀의 아버지는 조수석에서 잠에 빠져있었다.

그녀는 자신의 아버지가 스캇에게 그토록 화난 것을 탓할 생각이 없었다. 자신도 역시 같은 기분이기 때문이었다. 스캇을 다시 만날 생각이 거의 혹은 아예 없다고 할 수 있었다. 하지만 스캇을 처음 만났을 때의 기분이 계속해서 떠올랐다. 왜 그에게 기회를 주기를 원치 않았는지를.

하지만 그녀가 마침내 스캇에게 기회를 주었을 때, 그는 자신의 능력을 꽤나 훌륭하게 증명해냈다.

그저 그가… 스캇다운 행동을 하지만 않았더라면… 그녀는 한숨을 쉬며 이렇게 생각했다.

CHAPTER

22

—————————————————— Ant-Man and the Wasp

개미 꿈. 스캇은 행크 핌의 집에서 일어난 첫 날, 바닥이 개미로 덮여있던 모습을 본 이후로 가끔 개미 꿈을 꾸곤 했다. 그때 그 개미들이 어떤 종류인지 기억나지 않지만 그 개미에게 물리면 엄청나게 아프다는 것은 알고 있었다.

그래서 가끔 그는 '개미 꿈'이라고 부르는 꿈을 꾸곤 했다. 개미 꿈은 악몽이라거나 나쁜 꿈은 아니었다. 그저… 개미가 잔뜩 등장하는 그런 꿈이었다. 스캇이 앤트맨 슈트를 입고 지하를 달리는 그런 꿈이었다. 꿈속에서 그는 언제나 달리고 있었다. 그리고 그의 옆으로, 뒤로, 주변은 온통 개미로 가득 차 있었다. 그들 역시 달리고 있었다.

어디로 달리고 있던 것일까? 스캇은 절대 알 수 없었다. 그것을 알아내기 전에 항상 눈을 떴기 때문이다.

그래서 한밤중에 깜짝 놀라서 잠에서 깨어났을 때 자신이 또 다시 개미 꿈을 꿨다고 생각했다. 하지만 잠시 꿈을 떠올리던 그는 개미 꿈을 꾼 것이 아니라는 것을 깨달았다. 그것은 다른 것에 대한 꿈이었고 단순한 꿈이 아닌 것 같았다. 더 강렬했고 마치 현실 같았다. 대체 무엇이었을까?

그 느낌은 그가 대런 크로스와의 전투에서 옐로우 재킷 슈트 안으로 침투하기 위해 아원자 상태가 되었을 때를 떠올리게 했다. 그는 행크가 양자 영역이라고 명명한 곳으로 들어갈 때까지 계속해서 줄어들고 또 줄어들고 또 줄어들었다. 스캇은 그곳에서 어떤 일이 있었는지 아무것도 기억하지 못했다. 아무리 호프와 행크가 정보를 얻기 위해 그를 압박해도 어떤 사실도 알려줄 수가 없었다. 모든 것이 희미하기만 했기 때문이다.

하지만 방금 꿨던 이 꿈은… 이 꿈의 무언가가 양자 영역 안에서 느꼈던 기분을 떠올리게 했다. 어쩌면 목소리가 들린 것 같기도 했다. 누군가 그에게 말하고 있었다. 혹은 스캇이 말하고 있었나? 확실치 않았다.

스캇은 그 꿈이 너무 마음에 걸렸다. 한 번도 해본 적 없는 행동을 할 정도로 신경이 쓰였다.

그는 침대에서 일어나 핸드폰을 들고 아래층으로 내려갔다. 그리고 길고 깊게 숨을 들이쉬고 핸드폰의 키패드를 바라보았다.

스캇은 그 번호를 누르는 것만으로도 엄청난 문제가 생길 수 있음을 알고 있었다. 전화기 너머에 있는 그 사람과 얘기하는 것은 앞으로 20년 간 그의 삶을 비참하게 만들 수도 있었다.

'날 말려줄 사람이 필요해.' 스캇은 생각했다. '루이스는 어디에 있지? 그렇지, 자고 있겠지. 다른 보통 사람들처럼 말이야.'

그때 한 가지 아이디어가 생각났다. 그는 이 시간에 깨어있을 수도 있는 누군가, 인생을 망칠 수도 있는 전화를 하지 않도록 자신을 말려줄 수 있는 누군가를 알고 있었다. 늦게 자는 것을 좋아하는 딸이 있기 때문에 당연히 아직도 자지 않고 있을 누군가였다. 또 경찰관의 아내이기도 한 사람이었다.

"매기?" 스캇은 전화를 받은 전처에게 말했다.

"스캇? 지금 몇 시인 줄 알아?" 매기가 대답했다. 한밤중이었지만 잠자고 있던 목소리가 아니었다. 그리고 뒤이어 말했다. "무슨 문제라도 있어? 괜찮은 거야?"

"응, 그래. 괜찮아." 스캇은 자신 없는 말투로 대답했다. "내가… 사실 상당히 이상한 꿈을 꿨거든. 좀 많이 놀라서 말이야. 그래서 익숙한 목소리를 듣고 싶었어. 이해해줄 수 있지?"

"그럼, 당연하지." 매기가 말했다. 그들은 아주 오랫동안 서로 알고 지내왔기도 했고 매기에겐 스캇의 긴장감을 빠르게 진정시키는 능력이 있었다. "혹시 캐시에 대한 꿈이었어?"

"아니, 그런 건 아니야. 그저… 뭐랄까… 확실하게 말하기는 힘들어. 하지만 내가 이 상황을 해결할 수 있도록 도와줄 사람이 누군지는 알 것 같아."

"그런데 왜 그 사람한테 전화하지 않고?" 매기가 물었다.

"그게 좀 복잡해. 우선, 그들이 내 연락을 받고 싶어 하는지 확신할 수가 없어. 그리고 두 번째는 지금 내 상황으로 봐서… 그렇게 하는 행동이 현명한지도 잘 모르겠어."

"그렇구나." 매기가 천천히 말했다. "그럼 내 허락을 구하려고 전화한 거야?"

"아니, 당신 허락을 구하려는 건 아니야, 매기. 그들에게 전화를 하지 말라고 말해줄 누군가가 필요해서 그래. 그저 내가 어리석은 생각을 하고 있는 거라고, 그건 꿈일 뿐이니까 다시 가서 자라고 말해줄 사람이 필요했어."

매기는 스캇의 말이 떨어지기가 무섭게 대답했다. "당신은 지금 어리석은 생각을 하고 있는 거야. 그건 꿈일 뿐이니까 다시 가서 잠이나 자."

스캇이 웃음을 터뜨렸다. "알았어, 네 말대로 할게."

매기가 한숨을 쉬었다. "당신은 잘 해낼 거야, 스캇. 언제나 잘하고 있다고 말할 수는 없지만 말이야. 하지만 언제나 스스로 최선이라고 생각하는 일을 할 거라는 건 확실해."

"고마워, 매기. 캐시한테 키스 전해줘. 알았지?" 스캇은 이렇게 말하고 전화를 끊었다.

'넌 바보짓을 하고 있는 거야, 스캇.' 그는 스스로에게 말했다. '가서 잠이나 자. 그건 그냥 꿈일 뿐이야, 아무것도 아니라고. 어

른답게 굴어. 자.'

* * *

하지만 다시 잠에서 깼을 때 이번에는 그저 꿈이 아니라는 것을 확신했다. 온몸이 땀으로 젖어있었다. 그리고 마치 마라톤이라도 뛴 것처럼 숨을 헐떡이고 있었다.

그는 매우 흥분하고 당황했다. 마치… 마치… 실제로 양자 영역에 있었던 것 같은 기분을 느꼈던 것이다.

창밖으로는 해가 떠오르고 있었다. 스캇은 전화를 거는 걸 얼마나 더 참을 수 있을지 궁금했다.

CHAPTER

23

—————————————— Ant-Man and the Wasp

'그렇게 오래 참을 수는 없을 것 같아.'

스캇은 이 생각을 머릿속으로 계속해서 되풀이하고 또 되풀이했다.

'그렇게 오래 참을 수는 없을 것 같아.'

'분명 언젠가는 결국 하고 말 거야.'

결국 전화하는 대신 문자메시지를 보내는 것으로 스스로와 타협했고 메시지를 썼다 지우고 다시 쓰고를 반복했다. '이건 그냥 문자메시지일 뿐이야.' 그는 스스로에게 말했다. '보내기 버튼만 누르면 끝나는 거라고. 그럼 아무한테도 전화한 게 아닌 거지. 아무하고도 얘기한 적이 없는 거야.'

그저 보내기 버튼만 누르고 호프에게 이 꿈에

대해서 알려주자.

하지만 스캇은 그렇게 할 수 없었다.

지금은 아니었다. 그들 사이에는 너무 많은 장애물들이 있었다. 어쩌면 언젠가, 아마도 20년간 감옥에 있어야 할지도 모르는 위협이 사라지는 그날에는 보낼 수 있을지도 모른다고 생각했다.

그럼 행크는? '아마 내가 멍청이라고 생각할 거야.' 스캇은 생각했다. '행크는 원래 내가 멍청이라고 생각했는데 뭘. 그 정도는 감수할 수 있지.'

그래서 그는 용기를 내어 행크 핌의 전화번호를 눌렀다.

＊＊＊

정말 긴 밤이었다. 호프는 운전하는 것이 지겨웠다. 도망치는 것이 지겨웠다. 이제는 그저 모든 것에 지쳐버렸다.

그녀가 이런 생각에 빠져 있을 때 행크의 핸드폰에 진동이 울렸다.

"누군지 확인 안 하실 거예요?" 호프가 물었다.

"우리에게 감히 연락을 시도하려는 사람이 있기나 하겠어?" 행크는 이렇게 말했지만 누구인지 확인해보려고 핸드폰을 들었다.

그가 아무런 말이 없자, 호프는 누구의 전화인지 단번에 알 수 있었다.

스캇.

랭.

"아마 누구인지 믿지 못할 게다." 행크가 호프를 바라보며 말했다.

***

'내가 할 수 있는 가장 똑똑한 행동이거나 가장 바보 같은 행동일 거야. 그 중간이란 있을 수 없어.' 스캇은 생각했다.

음성 메시지를 다시 회수하는 방법은 없었다. 우 요원이나 다른 연방 요원이 이를 알게 된다면 스캇의 운명이 위태로워질 것이 분명했다. 하지만 그가 아는 한, 그 꿈이 무엇을 의미하는지를 해석하고 설명해줄 사람은 호프 반 다인과 행크 핌밖에 없었다.

"호프가 또 내 얼굴을 한 대 치려나 궁금하네." 스캇은 큰소리로 말했다.

이제 그가 할 수 있는 일이라고는 기다리는 것밖에는 없었다.

EPILOGUE

"저기, 행크… 오랜만이에요."

스캇 랭의 목소리였다.

"이 번호를 계속 쓰고 있는지 모르겠네요. 어쩌면 제가 연락하는 것을 원치 않을 수도 있겠죠. 그런데… 뭐랄까… 너무 이상한 꿈을 꿔서요."

호프가 눈살을 찌푸렸다.

"그냥 들어보자." 행크가 그와 호프 사이의 테이블에 놓인 핸드폰을 가리키며 말했다.

"이게 위급한 사태는 아닌 것 같긴 한데, 그 꿈이 너무 생생했어요. 양자 영역에 다시 들어갔는데… 음… 제 생각엔 사모님을 본 것 같아요."

호프는 놀란 눈으로 아버지를 바라보았다.

"그리고 어린 소녀도 있었어요. 제 생각엔 호프였던 것 같아요. 그나저나 사모님은 정말 미인이시던데요, 엄청 잘 대해주셨어요. 그래요, 말하고 나니 이건 분명 비상사태는 아니네요. 귀찮게 해서 죄송해요. 다른 모든 것들도 많이 죄송하고요."

메시지는 이렇게 끝이 났다.

하지만 호프는 이제 시작이라는 것을 알 수 있었다.